2021

"武陵杯"

世界华语微型小说年度奖获奖作品集

《作家文摘》报社
世界华文微型小说研究会
常德市武陵区文联
编

九州出版社
JIUZHOUPRESS

图书在版编目（CIP）数据

2021"武陵杯"世界华语微型小说年度奖获奖作品集 /
《作家文摘》报社，世界华文微型小说研究会，常德市武
陵区文联编. -- 北京：九州出版社，2023.1
ISBN 978-7-5225-1017-0

Ⅰ．①2… Ⅱ．①作… ②世… ③常… Ⅲ．①小小说
－小说集－世界－现代 Ⅳ．①I14

中国版本图书馆 CIP 数据核字（2022）第 110056 号

2021"武陵杯"世界华语微型小说年度奖获奖作品集

作　　者　《作家文摘》报社　世界华文微型小说研究会
　　　　　常德市武陵区文联　编
责任编辑　刘嘉
出版发行　九州出版社
地　　址　北京市西城区阜外大街甲 35 号（100037）
发行电话　（010）68992190/3/5/6
网　　址　www.jiuzhoupress.com
印　　刷　成都市兴雅致印务有限责任公司
开　　本　880 毫米×1230 毫米　32 开
印　　张　7
字　　数　146 千字
版　　次　2023 年 1 月第 1 版
印　　次　2023 年 1 月第 1 次印刷
书　　号　ISBN 978-7-5225-1017-0
定　　价　68.00 元

序

世界华文微型小说的新收获

世界华文微型小说研究会会长　凌鼎年

在当今微型小说界，"武陵杯"世界华文微型小说已成为一个品牌，既有已办了七届的武陵国际微小说节，又有世界华文微型小说年度奖评选，还有各种微小说征文、出版等。"武陵杯"世界华文微型小说年度奖评奖，虽然才办三届，但势头很好，影响不小，世界华文微型小说圈内都知道，都看重。

微型小说早已不是二十世纪八九十年代时的星星之火。经过四十多年的发展，已有自己的作家团队，自己的发表园地，自己的理论、评论队伍，自己的协会组织，自己的读者群。海内外，每年的微型小说发表量在三万篇以上，其中，不乏受读者与行家喜欢的精品力作。由于读者的审美能力在提高，对作品的要求在提高，而有些人因爱之切，也有人为博眼球，说一些批评的话、危机意识的话，让不了解情况的人，误以为微型小说创作质量在下滑，其实不然。实事求是地说，微型小说一直在进步，如今的好作品，其数量、质量远胜于八九十年代。不怕不识货，只怕货比货，只要对比着阅读，就一目了然。我每年受邀出任海内外多个大赛、征文的评委，要看大量的新作，在微型小说方面的阅读量，远超过一般读者与圈内作家、评论家，对作品的质量还是有发言权的。我非常负责任地说：微型小说的精品力作有的是，但好作品往往淹没于一般般的作品中，因为真正写得好的作家反而不愿在微信、在网上晒自己的作品。

当然，由于参与微型小说创作的作者、作家数量众多，每年的新作同样数量众多，生活中的各种题材都被写过，小说中的各种手法都被尝试过，要写出新意，写出精彩，让读者耳目一新，众口一致地叫好，确乎比八九十年代难多了。

今年的"武陵杯"世界华文微型小说评奖，依然收到了各国各地区与国内各省市大量的来稿，热情之高，说明对评奖的信任与期望。

海选之后，经过初评、复评、终评，最后好中选佳，佳中选优，评出了今年的获奖作品。

就我的审美而言，我觉得吴宝华的《仿古赵》很有看头。《仿古赵》讲述的是发生在清朝乾隆年间的一个故事，主人公是开古玩铺的赵友明，其幕后对手没有真正露面，让一个小青年出面，让赵友明仿制一个春秋时期的小铜鼎。在古玩界，历来有仿制，有的高仿甚至可以乱真。真品价太高，仿制一个，满足一下虚荣心，附庸风雅，可以说无伤大雅。赵友明凭其高超的技术，经过一个月的仿制、做旧，仿品与真品几乎看不出来区别，这是本事，放到现在，就属非物质文化遗产传承人。故事到此结束，也能独立成篇。

所谓高手，就是能写出事情的一波三折。在吴宝华的笔下，戏剧性的变化出现，偶然中，吴宝华发现自己仿制的铜鼎被人以千两银子的高价买下收藏。原来那小青年不是自己收藏，而是借此牟利。如果赵友明当场揭穿，就是另外一个故事。有意思的是赵友明不动声色，假意提出要把玩，把自己仿制的铜鼎带回了家。他料定那尝到甜头的小青年绝不肯生意只做一次的。果然，他又来了。赵友明就把真古董铜鼎还给了花千两银子的朋友，把仿制的那只交给了小青年。

等小青年发现，来闹时，赵友明揭穿了他仿品当珍品骗人的鬼把戏。至此，一个正直的古董商人的形象丰满了，立起来了。故事好读，还有意思。让读者看到两百多年前的商人并不都是唯利是图的，也有像赵友明这样既有绝活技艺，又有道德准则的人，做假而不掺假，令人感慨万千。

戴希的《那时》，特点是短小精悍，仅830字，比闪小说多200多字，只有一般微型小说的一半篇幅，这篇作品原载《小说月刊》2021年第6期，转载于2021年6月18日《作家文摘》，又被《小说选刊》2021年第8期选载，可见是被多家权威报刊一致认可的佳作。

从内容来看，更像一个寓言故事，没有明确的年代，没有明确的地点，故事也不复杂，三个小金人就像一组道具，贯穿全文。粗看，以为是某小国使者与某天朝大国皇上、大臣之间斗智的故事，其实不然，在看似出题、答题的后面，蕴含的是生活的哲理，或者说朝廷的不成文的规矩。特别是结尾，看似不经意的一笔，却意味深长，让人联想很多，外延一下子扩大了无数倍——这就是好作品。

郝继福的《一把炒黄豆》是篇耐读的佳作，属于红色题材，写的是东北抗联的故事，一支几百人的抗联队伍在林海雪原深处行军时，发现有十几个战士掉队，等找到时，又饿又累又冷，原地休息的战士都冻成了冰雕，那场景震撼人心，让人自然而然想起电影《长津湖》冰雕连的镜头。郝继福的这篇作品发表在《金山》2021年第6期，应该是在电影《长津湖》9月份首映之前创作的，有原创性，显得难能可贵。

当团长发现自己的儿子也牺牲了，他能做的就是把一把炒黄豆塞在孩子的兜里。让至死还饿着的儿子能有一把炒黄豆，算是一位父亲给儿子的唯一食物，读到这里，你能不感动吗？！

王平中的《无名碑》把历史与现实结合在一起写，有一种穿越感，把经济开发与纪念烈士糅在一起写，古韵今风，既有历史的纵深感，又有当下的现实感，有情节，有内涵。读来让人浮想联翩。

张凯的《我娘这辈子》是篇很接地气的作品，作品是用第一人称写的，围绕"我爹"吃辣椒面铺陈故事，前面所有的叙述全部为铺垫，直到结尾，才抖出包袱，"我爹"

吃一辈子的辣椒面都是为了"我娘"，都是因为爱，事实上，他根本不爱吃辣椒面，仅仅源于相亲时一个无意的说辞。这出人意料的结局，诠释了微型小说"出人意料，情理之中"的一种结构手法。

鞠志杰的《一对核桃》，是官场题材，也是廉政题材，主人公是吴局长，故事不复杂，但很有意思。有厂长送了吴局长一对文玩核桃，在一般人眼里，两颗核桃能值几个钱，无论如何算不上行贿受贿，一向清廉的吴局长破例收了。三年后，有外商见到已升为副市长的吴局长手里的核桃，说是名贵的狮子头，至少值五千元。吃惊之下的吴副市长把核桃留在酒店，没有带走。

好的微型小说关键在结尾，这类廉政故事，常规写法就可能落入俗套，但应该讲作者处理得很有艺术匠心，当吴副市长再次问及这对核桃时，答复是被服务员吃了，而敲开后，没仁儿，只有干巴巴的黑渣渣，吴副市长反而笑了，轻松了——这是真实的，又是有寓意的，一语双关。文学术语就是有故事性，有底蕴。

顾晓蕊的《衣襟戴花的男人》，写底层，人物写活了。她笔下的老潘，是个收破烂的男人，在别人眼里是个"怪人"，之所以被称为怪人，是因为他收破烂之余还喜欢种花，还把花别在衣襟上。从平静的叙述中，可以知道他多年服侍瘫痪在床的老母，是个孝顺之人；坚持还债，是个诚信之人；救过人，是个见义勇为之人；并且他还是个爱美之人，虽然生活在最底层，却对生活充满信心。

苏美霖的《终极舞者》，是一篇与众不同的微型小说，写人与机器人的故事，凸显舞魂与爱情，最后，又加了谋杀情节，跌宕起伏，题材、写法上都有新意，值得鼓励。后来知道，作者是个00后，她的构思，她的切入点，她的叙述，她想传达给读者的，与第一代、第二代微型小说作家有很大的区别，若能坚持写下去，假以时日，必有大收获，由衷地说一声：后生可畏。

余清平的《药品》，侯发山的《渔娘》，白旭初的《两封急电》都属正能量作品，都可圈可点。韦如辉、程思良、赵淑萍、何君华等人的作品，各有特点，令人喜欢，但限于篇幅，就不一一评论了。

有些老作家宝刀不老，雄风不减，令人欣慰，向他们致敬。但为了鼓励新人，推出新秀，我们更多地关注相对年轻的作者，以便薪传不断，后继有人。希望下一届，有更多的作家报送作品参评，有更多的新人新面孔出现。

"武陵杯"世界华语微型小说年度奖获奖作品是要汇编出书的。一出书，作品清清楚楚呈现在读者眼前，优劣、好孬一比较就能看出。读者心里有杆秤，自能看出评得公正不公正，看出作品的整体质量如何。应该说，微型小说每年都有新收获，这本集子也是新收获之一。

目录

CONTENTS

优秀奖

附　录

特等奖

仿古赵

— 吴宝华 —

清朝乾隆年间，台州府永安县县衙边有一条古玩街。

古玩街中段有一间小门面，门楣上挂着一块金字匾额，上有隶书"仿古赵"三字，店内装饰古朴雅致，古色古香。店主赵友明五十出头，瘦小干练，十指修长，双目有神，日常悠闲地坐在店堂里，照看生意。店里做的是仿制古玩的生意，顾客不多，生意不咸不淡，勉强度日。

这天，店门前人影一闪，进来一个二十来岁的青年，手里抱着一个朱红漆匣子。

青年走到赵友明面前说："师傅，请您看看我这个铜鼎，您能仿制吗？"说着，他打开匣子，揭开上面盖着的红绸。

赵友明眼前一亮，这是一只春秋时期的小铜鼎，存世不多，价格在千两白银左右。

赵友明不动声色说："这铜鼎仿制难度很大，至少要一个月以上，还不一定能仿制出来。"

青年从怀中掏出二十两银子，说："麻烦师傅费点心，这二十两银子作为酬劳，不知愿意一试否？"

赵友明点点头说："我试一试，一个月后你来取货。"

青年答应一声，悄悄地退出店去。

第二天，赵友明就动手制作模具，他用调制好的陶土，在铜鼎上拓下形状和花纹，再把陶土烧制成模具，然后把家里存着的废铜熔化了，灌入模具，冷却后，取掉模具，一只铜鼎就出现在了眼前。

紧接着，他开始做旧，用调制好的酸液一次次泡铜鼎。

二十多天后，铜鼎上出现了铜绿，他仔细观察青年送来的铜鼎，增减仿制铜鼎铜绿的厚薄、明暗，一个月后，一只仿古铜鼎出现在了眼前，简直可以以假乱真。

青年来取货，见到两只一模一样的铜鼎，啧啧称赞。

赵友明微微一笑，指出真假铜鼎，看青年明白无误了，才让他取走。

过了两个月，赵友明去朋友家做客，这位朋友爱好收藏古玩，因家底殷实，家里藏品丰富，琳琅满目。

朋友知道赵友明痴迷古玩，便领他去收藏室赏鉴。

赵友明欣赏朋友的藏品，暗暗点头赞叹，忽然看到博古架上一只铜鼎十分眼熟，他取下一看，分明就是两个月前自己仿制的那只。

朋友见他捧着铜鼎反复看，便得意地说："怎么样？这铜鼎是我花千两银子买来的。我在古书中见过，是春秋的铜鼎无疑。"

赵友明笑笑说："可以借我把玩两天吗？"

朋友大度地说："你想玩多久都行，记得还我就行啦。"

赵友明将铜鼎带回店中，他相信那青年尝到甜头，还会来的。

果然不出所料，过了十天，那青年又抱着红匣子来了，依旧是掏出二十两银子请赵友明仿制，赵友明爽快地答应了下来。

过了一个月，青年来取货，赵友明把两只一模一样的铜鼎交给了他。

次日，赵友明把一只铜鼎送到朋友家里。

过了三天，青年气急败坏地冲进门来，把两只铜鼎摔在地上，大声质问："你为什么给我两只假铜鼎？我要报官抓你！"

原来，当青年再一次卖鼎时，买家拿放大镜一看，在两只鼎内都看到"仿古赵"三个蝇头小字，明白这是仿品，不值钱。

赵友明不动声色地说："你不是两次来我店里仿制吗？我当然做了两只假铜鼎，这没有错啊！"

青年气势汹汹地说："我那只真铜鼎呢？"

赵友明笑道："你不是卖了吗？卖了千两银子！"随后报出了朋友的名字。

青年一听，知道自己卖假铜鼎的事败露了，顿时像泄了气的皮球。其实他并没有吃亏，只是把真铜鼎卖掉，再不能投机取巧了，他只好抱着两只仿古铜鼎灰溜溜走了。

从此，赵友明仿制古玩时必得在古玩上刻上"仿古赵"三字，以区分真品和赝品，以免别人上当受骗。

他的仿古技艺逐渐达到炉火纯青之境，店里的生意也蒸蒸日上。

百年之后，他的仿品也成了文物。

（原载于《小说月刊》2021年第6期）

武陵杯
世界华语微型小说年度奖获奖作品集
2021

一等奖

那 时

— 戴 希 —

有年岁末，某小国向朝廷进贡，贡品是三个看起来没有区别的金人。皇帝很开心。

小国的使者有一请求，要朝廷三日内回答他：三个金人哪个最珍贵？

皇帝是一国之君，如果被这等问题难住，岂不颜面尽失？所以，小国使者一退出，皇帝就请大臣巧匠们对三个金人进行全面而深入的鉴定。可是，称重量，三个金人没有差异；看大小，三个金人一模一样；测质地，三个金人完全相同；论工艺，三个金人难分伯仲……转眼两天过去，大臣、匠人谁也想不出妙计，皇帝心急如焚。

天无绝人之路。就在那时，一个已退养多年的老臣忽然要求拜见皇上。他对皇上信誓旦旦地说，如果鉴定不出三个金人谁最珍贵，他愿献上身家性命！皇上将信将疑，又无妙法可施，只好接受老臣奏请。

翌日，老臣和小国使者上朝。

众目睽睽之下，只见老臣把一根稻草轻轻插入第一个金人的左耳。群臣定睛细看，发现那稻草已从金人的右耳中穿出。他们顿觉滑稽。

老臣不动声色，又将一根稻草小心插入第二个金人的左耳。群臣屏息静观，又见那稻草竟从金人的口中吐出。他们忍俊不禁。

老臣也莞尔。笑过，便将一根稻草径直插入第三个金人的左耳。群臣拭目以待。可这次，稻草却被"吞"进金人的肚里，再也未见露出。群臣愣了。老臣举目四望，问："谁最珍贵？"鸦雀无声。老臣只好亮出答案："就第三个金人嘛！"

小国使者颔首称是，皇上亦龙颜大悦。

小国使者退出后，皇上有意当着群臣之面询问老臣："爱卿，你凭什么认定第三个金人最珍贵？"老臣毕恭毕敬："第一个金人左耳进的东西就会从右耳中穿出，第二个金人左耳进的东西亦很快从口中吐出，只有第三个金人能让进入耳中的东西，牢牢封存在肚里。人生两耳一嘴，不就是要我们虚心倾听、多听少说，最好金口玉言、守口如瓶吗？"

皇上连连点头，群臣对老臣更是刮目相看。

然而那晚，老臣却做了一个噩梦：大山深处，骄阳之下，有只老虎突遭一群豺狼围攻。老虎猝不及防，倒在血泊之中。老臣吓出一身冷汗。醒来，赶紧夹住尾巴，悄悄远逃。

第二天，皇上欲赏赐老臣。传令老臣进宫，方知老臣已无影无踪！

（原载于《小说月刊》2021年第6期，转载于2021年6月18日《作家文摘》、《小说选刊》2021年第8期）

一把炒黄豆

— 郝继福 —

武陵杯

世界华语微型小说年度奖获奖作品集

2021

一九三七年腊月的一天，在东北小兴安岭林海深处，一支几百人的抗联队伍，在林海雪原深处艰难地蠕动。

气温骤降，凛冽的寒风像无情的怪兽，用冰冷的牙齿疯狂地撕咬着人们。抗联战士们都穿着单衣，难以挡住严寒；鞋上都裹满了冰雪，脚被冻得失去了知觉。

在此之前，这支队伍已经历过数十次大小战斗，虽然摆脱了敌人的围追堵截，却又陷入了新的困境——由于给养不足，战士们肚子空空，加上天气寒冷，一个个都筋疲力尽！

团长清点队伍时发现十几个战士掉队了！

团长立刻意识到，在这寒冷的天气掉队，很可能发生意外，必须及时找到他们！

呼啸的寒风仍在撒泼，一点没有停歇的意思。团长抬眼向西天望去，已是血色黄昏！他立即下令：一定要在日落之前，找到掉队的人！

大家立即返回来路，在雪原上呼唤寻找……

一个小时之后，有人突然发现，在不远的雪地上，影影绰绰有些人影。

走近一看，原来是一队战士坐在雪地上休息。他们两两一对，背靠背坐在雪地上睡着了，任凭寒风呼啸，一动不动！

团长发火了："真是乱弹琴！没有上级命令，竟敢擅自休息，简直无法无天！都给我马上起来，追上队伍！"

让人感到意外的是，团长的话根本没人听，一个个战士依然坐在雪中！

不管他怎么喊、怎么推，战士们都像生了根一样，坐在那儿纹丝不动！

团长大吃一惊，连忙抚摸一个战士的脸——冰凉邦硬！再摸摸其他战士，也都如此！

刹那间，团长明白了：由于多日行军战斗，连累带饿，战士们实在走不动了，才互相倚靠着坐下，想休息一下。可是这一坐下，就再也站不起来了！

看着一张张年轻疲惫的脸，团长泪如泉涌！

他想，他们还都是不满二十岁的孩子呀。如果小鬼子不来，没有战争，这些孩子肯定还在自己的爹娘面前撒娇呢……

团长突然想起什么。开始重新审视每一个战士！

一个个看过去，看过去。他失望地摇头，但他不死心，仍继续细心查看……

末了，团长把目光锁定在一个小战士脸，他的脑袋嗡地一下，像被狠狠打了一棒，身子差点摔倒！

他清楚地记得，这个小战士参军还不到两个月。他参军时的情景，仍然历历在目。

那次行军路上，部队在郝家村宿营，村长领来一个十五六岁的小男孩，对团长说，这孩子的爹参军多年，至今杳无音信。他妈被日本鬼子杀害了，他非要参加抗联，为妈妈报仇。

"首长，收下他吧！这孩子挺机灵的，给你当警卫员最合适！"村长说。

团长本想把这个孩子留在身边，让他当给自己当通信员。但是，他发现这孩子耳边有个"拴马桩"，脑袋顶上长三个头旋，向孩子询问了一些情况之后，他改变了主意：先让他下连队摔打摔打吧……

万万没有想到，现在，团长再次见到孩子时，他已变成了林海雪原上一座永恒的雕塑！

此时此刻，团长心头一酸，泪如泉涌……

团长用温暖的手在小战士冰凉的脸上抚摸良久，之后，从怀里掏出一把炒黄豆塞到小战士兜里，深情地说："儿啊，爹之所以没有把你安排到我身边当警卫员，是因为你爹是一名共产党员，不能搞任何特殊呀。现在，你为打鬼子献出了宝贵的生命，党和人民会永远会记住你的。但遗憾的是，咱们爷俩父子一场，你至死都没填饱肚子，这把炒黄豆就留给你吧，这是爹给儿子你留下的唯一一点儿吃食啊！"

（原载于《金山》2021 年第 6 期）

武陵杯 世界华语微型小说年度奖获奖作品集 2021

我娘这辈子

— 张　凯 —

我爹我娘，相识在朋友的婚礼上。那时结婚都很简单，新郎新娘的行李搬到一起，再把各自的朋友请来，发发喜糖、抽抽香烟，就是一家人了。

我娘漂亮，有风韵，有内涵，追她的小伙子一拨接一拨，我娘就没看上一个。我爹是乡下人，木讷，老实，言语金贵。老大不小了，媒人说过几个姑娘，见面时，我爹头一低只搓手，硬是说不出话来，结果都一样，人家姑娘看不上。

朋友的婚礼刚结束，我爹壮了壮胆，走到我娘跟前说："明天中午，我请你到淮滨饭店吃饭，好吗？"我娘看着木讷且红着脸的我爹，很是吃惊。出于礼貌，我娘还是答应了我爹。

第二天中午，我娘如约来到淮滨饭店，这时我爹已找好位置坐下等我娘。我爹我娘对面坐着，没啥话说。我爹头微低，眼皮上翻，木呆呆地瞅我娘。我娘被他瞅得心里发毛。我爹我娘间的气氛十分尴尬。我娘一心只想尽快结束，马上回家。就在我娘要开口说回家的当口，女服务员端来两碗白开水，说："请二位喝碗茶。"我爹突然说："服务员同志，我喝白开水习惯和辣椒面，麻烦你把辣椒面拿来。"

喝白开水和辣椒面，我娘愣了。服务员"啊"的一声也愣在那。我娘和服务员的目光都集中到我爹身上。我爹不知所措，尽量把头往怀里藏。

服务员把辣椒面拿来，我爹把辣椒面放到碗里，用筷子搅和搅和，就大口大口地喝了。

我娘特别好奇，问我爹："你喝白开水和辣椒面干啥？"我爹沉默了很久，一字一顿地说："农村人，家里很穷，喝凉水和辣椒面好喝。现在我都几年没回家了，喝白开水和辣椒面，就当是我想家吧。"

我娘听了，浑身起鸡皮疙瘩，头发直往上竖，两眼发酸，但心被实实在在地打动了。我娘暗想，打记事起，第一次听到一个大男人说想家。我娘就认定，知道想家的男人是顾家的男人，顾家的男人就是好男人，好男人都是可靠的男人，可靠的男人就能跟他过一辈子。我娘忽然就想和我爹多说几句话。最后，我娘没有拒绝我爹送她回家。

后来，我爹我娘频繁约会。他们再到饭店吃饭，每次我娘都对服务员说："请拿些辣椒面来好吗？我的朋友喝茶喜欢加辣椒面。"我娘渐渐感到我爹实际上真是好男人。我爹的大度、细心、体贴，是我娘认为的好男人的标准。我娘暗自庆幸，幸亏当时出于礼貌没拒绝，才没有和我爹擦肩而过。再后来，我娘我爹结婚了，从此过了四十多年没有硝烟的幸福生活。我爹也喝了四十多年和辣椒面的白开水，直到我爹得了那场病。

一天，我娘在箱底发现了一封信，信封上写着：家里的亲启。我娘流着泪拆开信，信的内容，让她吃惊，让她痛不欲生。

家里的：

家里的，我就要走了，但你要原谅我欺骗了你四十八年。

家里的，还记得我第一次请你吃饭吗？当时尴尬透了，也不知道是怎么想的，我竟对服务员说拿辣椒面来。说都说了，只好将错就错，硬着头皮喝。没想到你竟好奇，你这一好奇，我竟喝了四十八年和辣椒面的白开水。知道吗？喝和辣椒面的白开水，咽的时候辣得嗓子疼，喝到肚子辣得胃难受，屙屎辣得屁眼疼，好在都习惯了。

家里的，你知道不，每次你把和辣椒面白开水端给我，我都想告诉你，我再也不喝了。可还是忍住了，我那是怕你生气呀，更怕你会离开我啊！现在我什么都不怕了，我知道活不多长时间就会死喽。

家里的，人死后，生前所做的错事，哪怕是欺骗，总会被活着的人原谅的，对不对？

家里的，我这辈子能和你做夫妻，是我祖上修来的德，是我一生最大的幸福。如果有来生，我还要娶你做我的老婆，只是我再也不喝和辣椒面的白开水了。

家里的，我走后，你多保重，但别忘了，每天还给我弄一碗和辣椒面的白开水。

信让我娘感到非常吃惊，也让我娘感到被欺骗四十八年的滋味。其实，我娘多么高兴，我爹为她竟能做出一生一世善意的欺骗……

（原载于《红豆》2021年第9期，转载于《小说选刊》2021年第10期）

二等奖

无名碑

— 王平中

"武陵杯"世界华语微型小说年度奖获奖作品集

2021

张总来到安岳连云山，仰着头从峡谷底向上张望，慢慢地将脸仰成与天空平行，戴着的帽子忽地掉在了地上，才看到一条线似的天空。张总的心冷了半截，在这个地方投资，又没公路，要想发展，难呀！

陪同的安岳老区建设促进会郭会长见状，不再提投资之事，对张总微微一笑说："我们这儿有座神仙坟，值得一看。"

"神仙坟？唬唬外人吧，有什么好看的？"张总摇了摇头。

"这座坟不是唬人的，里面埋着一位红军。"

"埋着一位红军！"张总一下子肃然了。

1935年7月，中央红军长征来到四川，一位红军战士受伤后掉队，来到安岳，被当地村民藏在地窖里。后来民团探到了消息，将村民赶到村口。村民不愿交出红军战士。民团团长咆哮说不交出红军战士，就要烧光村子、杀光村民……就在这危急时刻，那位红军战士从地窖里走了出来，面对凶恶的民团，毫不畏惧，对乡亲们说："我们是中国共产党领导的工农红军，是为穷苦人打天下的。就是我死了，也会护佑你们……"

张总眼里有了敬意。

民团枪杀那位红军战士后，不准村民掩埋尸体。是夜，闪电雷明，狂风暴雨。第二天，人们看到一堆沙将红军战士掩埋了。村里人都说，是暴雨从山上冲下的泥沙自然将红军掩埋的。

"应该是村里人趁着暴雨将那位红军战士掩埋的吧？"张总问道。

"反正没有人承认。即使是，也不会有人承认的。后来，这里发生了一件奇事……"郭会长看着张总久久不语。

"什么奇事？"张总按捺不住了。

"不久，一村民说他多日咳嗽不止，迷糊中有仙人立于床前，对他说：'村外一沙丘上有艾蒿，开水泡后饮之即愈。'翌日，此人来到掩埋红军战士的沙丘旁，果然看到沙丘上有一株艾蒿，遂掐尖摘叶，回家泡水饮之，真的病愈。这个村民还说，仙神说这座坟是天葬的，如果谁毁了，必遭天谴，灭门绝后。那时人们对神灵是很敬畏的。团丁听了，自然也不敢毁坟。这座坟因此得以保存。"

"这是村民为保护红军战士坟墓杜撰的故事吧？"张总说。

"也许是吧。后来，村里人或手伤了，或发烧了，或家中有蚊虫了，将坟上的艾蒿割回去或捣烂敷之，或煎水服之，或炆火熏之，果然那些人或手伤好了，或烧退了，或家中蚊虫灭了。村里人都说是红军战士在护佑他们。于是人们将此坟称为神仙坟，并在坟前立碑，因不知道红军战士姓名，碑上没有刻字，对外称为无字碑，暗地叫'红军碑'。"

"即使知道红军战士名字，也不敢刻他姓名的吧？"张总说。

"是的。后来，村里人每到红军战士祭日，都要到坟前祭拜。"

张总闻言，眼里亮光闪闪，激动地对郭会长说："我们也去祭拜吧。"

张总一行来到峡谷口，果然看到一坟丘，长满了郁郁葱葱的艾蒿，微风吹过，艾蒿弯腰点头，似欢迎他们到来。

张总顿时眼中盈满泪水，对着坟墓，扑通一声跪了下去，双手合十，恭恭敬敬三叩首。

张总从坟前站起来，对郭会长说："这两天我在附近走了走，看到这里群众还不富裕，特别是上山下山还靠步行，制约了产业发展。我回去后，立即安排，先修建从峡谷到山顶的盘山公路，再组织村民栽种艾蒿。"

"种植艾蒿？"郭会长有些不解。

"其实艾蒿清热解毒，是一种中药材。我这次来很受启发，发展这个产业，既带领村民共同致富，也是顺应群众意愿，更是继承先烈遗志吧！"

郭会长闻言，紧紧握着张总的手说："我代表老区人民感谢你。"

"说感谢的应该是我！"张总说，"你知道吗，我爷爷也是一位老红军，长征时牺牲了，至今还没有找着尸骨。这次看到老区人民为无名红军修坟树碑，虽然是无名碑，但他们年年祭拜，相信牺牲的烈士都能含笑九泉了，因为这些烈士永远活在人民心中。"

（原载于2021年5月14日《资阳日报》，转载于《小说选刊》2021年第7期）

一对核桃

— 鞠志杰 —

吴局长正派清廉，局里人人皆知。有人出差回来给吴局长带些当地的土特产，都被吴局长婉拒。自那以后，局里再无人敢给吴局长送礼。

一日，吴局长到下面某厂调研，喝茶水的当口，厂长递给吴局长一对核桃，轻描淡写地说："吴局长，这核桃不值几个钱，您留着玩吧，尤其是在思考问题的时候，它们在你手心里转着转着，解决问题的办法就想出来了。"

"是吗？这么神奇？"吴局长就接过来握在手心里转了几圈，不知怎的，似有一股气流从手掌传来，顿时浑身上下通泰无比，脑子也突然清凉了许多。不过是两枚核桃，也就几块钱吧，不算是礼品，吴局长欣然笑纳。

此后，这一对核桃便一直揣在吴局长的手包里。每有难决之事，吴局长总是将那一对核桃握在掌心里转来磨去，时间长了，那对核桃竟然色泽莹润光滑无比。

武陵杯 世界华语微型小说年度奖获奖作品集 2021

三年后的一天，吴副市长会见一外商，又是喝茶水的当口，那外商一眼瞥见那对核桃。外商向吴副市长要过核桃观看，边看边喃喃自语："这是上等的狮子头啊，少说也得五千元！"

什么？！吴副市长一惊："这玩意儿这么贵？""当然了！"外商顺便给吴副市长普及了一下文玩核桃的知识。

送走外商，吴副市长看着一对核桃不知如何是好。想想自己一世清名竟然毁在这一对核桃上，内心懊恼无比。再看那对核桃，毫无往日的喜气祥和模样，反而面目狰狞丑陋无比，如同烫手的山芋，抓也不是扔也不是。想把核桃归还旧主，可在去年，那位厂长已因一场意外事故去世。这可如何是好？最后，鬼使神差一般，吴副市长竟然将那对核桃悄悄地放在座椅上，然后离开了酒店。

然而，再有难决之事时吴副市长又去掏核桃，结果却是一手空。内心里没着没落的，顿觉惶恐不安六神无主，干什么都不自在，还莫名其妙地对手下发了两次火。

真是怪了！难道说离了核桃我就活不了了吗？下班路过农贸市场，吴副市长特地在干果店里转悠了半天，最后花了两块钱买了一对核桃。可那核桃一点灵性都没有啊，在手心里磨转后发出来的声音犹如鬼哭狼嚎，气得吴副市长一甩手，把它们扔出了窗外。

当晚，吴副市长竟然梦到那对核桃了，它们在自己的眼前旋转，还嘤嘤地哭泣。它们对吴副市长说："我们跟了你三年，何错之有？被你狠心抛弃！"吴副市长从梦中惊醒，抱被半坐，默默无言。古人言"人无癖不可与交"，吴副市长却觉得这句话有毛病，一个人一点癖好都没有就不值得交往了吗？很多贪官，正是因为有这样或者那样的癖好才被人钻了空子吗？为官多年，吴副市长没收过一分钱，在外人眼中，他简直就是金刚不破之身，无懈可击。可如今，一对核桃竟然成了他的软肋！

罢罢罢！既如此，就姑且有一次"癖"吧。吴副市长决定找回那对核桃，唯有这样，才能去除这块心病。

次日，吴副市长来到了那个酒店，找到领班，说明来意。领班找来当天的服务员，问可拾到一对核桃。

服务员诚实爽快地说："拾到了，就在椅子上放着呢。"

吴副市长一听上前急问："那它们现在在哪？"

服务员轻描淡写地说："可别提了，一对破核桃，我们就想吃了它，结果砸开一看，里面没仁儿，只有干巴巴的黑渣渣！"

什么？吴副市长愣了。几秒钟后，吴副市长突然哈哈大笑起来："好，砸得好！"

然后转身快步走出酒店，身子也变得无比轻盈起来。

（原载于《小小说月刊》2021年6月下半月刊）

药 品

―― 余清平 ――

　　井冈山红军医院里，脸色蜡黄的张子清师长在等医务主任王云霖。他是边哼着歌边等的。"红米饭，南瓜汤，秋茄子，味道香，餐餐吃得精打光……"这首歌，井冈山红军战士个个耳熟能详。

　　他因脚踝受伤，不得不躺在井冈山小井红军医院里。一颗罪恶的子弹"驻扎"在他的踝骨里。红军医院太缺少医疗器材，医务主任王云霖已经给他的脚踝动了五次手术，也没取出弹头。

　　他的伤口早就化脓了，腐烂的肌肉发出恶臭味。这一躺下，就是大半年，但是，他的指挥才能却没有"躺下"。每隔几天，他都让战士抬着去巡察各个哨口、关隘。

　　那是1928年4月27日，他跟着毛委员去迎接朱军长率领的湘南红军上井冈山。他指挥工农革命军第一团，在鄳县城外的湘山寺、龙王庙等地，阻击三倍于己的湘敌，激战五小时，歼敌千余人。不幸的是，在追击敌人的时候，他的踝骨中弹。

时间到了中午，王云霖主任还没到，他看了看伤口，从床铺下抽出一把小刀，咬着牙，一刀一刀，割去腐肉。疼痛令他的额头淌下豆粒大的汗珠。病房里的战士们看了，也咬紧牙关，在心里给他们的师长鼓劲。战士们的担心是多余的，因为，红军中早就传开了张师长刮骨疗伤的故事。在没有医疗器材和麻醉药的情况下，王云霖主任仅用一把小刀，在火上烤热了，先后五次直接割开他的伤口，用钳子在他的骨头上夹那罪恶的弹头，可是，无法取出弹头。

此后，他不再做手术了，让红军医生将精力放到其他伤员身上。他唯一的消炎镇痛药就是食盐。然而，井冈山的食盐也很紧缺，他就让战士们给他储备了一些金银花等草药。敌人围困得太紧了，食盐、粮食都奇缺，困难积压在一起，红军战士不得不节衣缩食。饭虽说是大米煮的，可米少南瓜多，不过，米香味倒是不吝啬，依旧在战士们的鼻端缭绕，菜是野菜和竹笋，没有食盐的菜难以下咽。

他艰难地伸手在枕头下摸摸，那里有一小包食盐，这是他清洗伤口消炎的"救命灵丹"。他舍不得用。他想自己是共产党员、红军干部，必须带头廉洁，关心战士。

他曾经也有过两包盐。

第一包，是红小鬼刘小虎带来的。

刘小虎是毛委员派来的联络员。刘小虎没说食盐是谁送的。他自然猜得出赠送者是毛委员。那次，毛委员来探望他，看到他疗伤，痛心地说："张子清是红军的关云长！当年关云长'刮骨疗毒'，咬得牙关铮铮响。现在张子清切开脚板用钳子夹弹头，痛得昏过去也不说苦，这不是与关云长一样吗？"

井冈山的食盐是珍稀之物，红军干部不搞特殊，他知道肯定是毛委员为了给他清洗伤口舍不得吃节省下来的。

第二包盐是警卫班战士们凑的。警卫班战士省吃俭用，将食盐留下给他们的张师长清洗伤口。可是，这两包食盐，他一点也没用，都暗中给了王云霖主任，给其他重伤员清洗伤口。

现在，他枕头下又有了一包盐，是炊事班战士们省下给他的。他又在等王云霖主任来。

他用小刀刚刚清理好伤口，刘小虎来了，手里捧着一个黄黑色的土钵，里面盛着米汤和南瓜。小虎把土钵放在小凳子上，劝说："师长，您不能不吃东西，吃了才有精神养伤。"

他努力将嘴角向上拉伸，算是微笑，说："小刘，你也得多吃点。"

"师长，今天的菜好吃，有盐味，是特地多放的。"

平时，这些盐是有严格控制的，多数时候，南瓜汤里只有一点盐。他知道，今天是红军前委开会决定，为了粉碎敌人的围剿，打破敌人的包围，由毛委员带领部分红军去赣南开辟新的根据地。今天菜里多放盐，是让战士们吃了有精神行军。

他端起土钵，用嘴吹一吹，抿一口，点点头，说："嗯，好吃。"

下午，王云霖主任进来给他检查伤口。他顺势将盐包放在王主任口袋里，嘱咐说："王主任，部队要行动，战士们的伤口得仔细清洗，我这点盐，你看着用。"

"这怎么行！张师长，您的伤口急需清洗，这是您的救命盐。"

"别担心我，我留守井冈山，伤口有金银花清洗。"

（原载于《安徽文学》2021年第7期）

渔 娘

— 侯发山 —

老爹死后，渔娘就守着老爹的两孔窑洞，留了下来。她说，她已经跟母亲有了解不开的缘分，她要在这儿终老一生，陪伴母亲。她说的"母亲"指的是黄河。

河长，也就是镇里的苟书记，不忍心她一个大姑娘家跟风浪做伴，说在县城给她找个工作，她拒绝了。苟书记让她放心，说她走后，镇里会安排其他人接替她。她还是没有答应。她说："我跟老爹一样，喜欢这里，不要报酬。"听了她的话，苟书记既欣慰又难过，知道她承袭了老爹的脾气，也就不再坚持。苟书记虽是河长，因为镇里的工作千头万绪，都要他亲自过问，分身乏术，老爹便自告奋勇把"家"安在黄河边，说他就想过闲云野鹤的生活，实际上是替苟书记分担责任。尽管政府三令五申，还是有人偷偷摸摸来挖沙抽水、倾倒垃圾、私搭乱建，等等。老爹住到黄河边后，这种情形才大有好转。汛期时，他还可以随时巡视河堤，以保堤坝无虞。

不要工资，义务守护，哪里有这样的好事？因此，作为河长的苟书记自是感激不尽。

如今，渔娘四十岁出头了，别看在黄河边长大，每日风里来雨里去，沙里滚水里爬，好像吃了孙猴子师父的肉，眼角连个皱纹都没有，一点儿也不显老。皮肤粉嘟嘟的，粉里透白，又细腻，跟刚出生的婴儿一样。按当地人话说，美得跟画儿上的人似的。就是这样一个女人，不愿出嫁。老爹活着的时候，以为她舍不得离开老爹。谁知道，老爹走后，尽管媒人多得跟走马灯似的，其中不乏替白马王子说亲的，可渔娘一个都没答应。

认识渔娘的人都说，这闺女没别的毛病，只嘴像刀子，不饶人。

这一天，镇政府派刘秘书过来，让渔娘弄一条黄河大鲤鱼，要招待客人。

黄河鲤鱼在当地久负盛名，嘴大，鳞少，脊梁上有一道红线，肉肥味美，独具风味。自明代以来，黄河鲤鱼被列为贡品。不用说，一般来到此地的客人都以能品尝到黄河鲤鱼为荣。

渔娘想都没想，撇撇嘴，冷冷地说："就是拴住日头也说不成事。"

现在是四月份，正是鱼儿产卵的时候，属于禁渔期，不能捕捞，即使垂钓也是不允许的。有些人钓鱼不单纯是为休闲娱乐，完全是"多线多钩""长线多钩""单线多钩"等生产性垂钓。因此，根据老爹生前的建议，当地政府规定，在禁渔期，钓鱼也是禁止的。即便平时，看到那些钓到小鱼的，

"武陵杯"世界华语微型小说年度奖获奖作品集 2021

渔娘也劝人家给放了。她说:"放了小的是为了今后钓到大的,如果赶尽杀绝,连小的也不放过,那是自掘坟墓,长此下去,河里就没鱼了,后代子孙还怎么吃鱼?"其实,这话也是老爹说给她的。

刘秘书愣了一下,说:"这可是苟书记要的。"

"就是狼书记来了也不行!"渔娘脸一扭,不理睬刘秘书。

刘秘书说:"渔、渔姐……"说实话,他的年龄比她大,真不想叫那个"娘"字。

"不是姐,是娘!"

刘秘书不自然地一笑,咽了下口水,说:"娘,不,渔、渔娘,今天是招待投资商的……"

渔娘打断刘秘书的话,没好气地说:"如果投资商来这里违法乱纪,哪儿远滚哪儿!"

"……"刘秘书嘴唇动了动,还想辩解。

"再吱声就把你扔进河里,看看你母亲答应不答应?!"渔娘舞乍着两手。

刘秘书吓得后退两步,不敢吭声了,忙拿出手机给苟书记汇报。

很快,渔娘接到了苟书记的电话。

没听到苟书记说什么,只听渔娘对着手机叫道:"别扯那些没用的,我这样做就是为了报答老爹!"说罢,挂断电话,关机了。

说到这里,大家可能有点糊涂了,有必要交代一下:渔娘不是老爹的亲女儿,她当年因感情问题跳黄河时被老爹搭救;苟书记呢,是老爹的亲儿子。

后来的结局如何，大家可能猜测不到。

当天在镇政府的小食堂，外地来的投资商，没有吃到黄河鲤鱼，但他不遗憾，因为他品尝到了味道鲜美的正宗黄河甲鱼——这甲鱼是渔娘送过来的。他一边吃，一边想起渔娘的话，又好气又好笑。渔娘临走时丢下一句："王八不是吃肉的，是喝汤的。"

（原载于《安徽文学》2021年第4期，转载于《微型小说选刊》2021年第7期）

衣襟戴花的男人

—— 顾晓蕊 ——

　　清晨的街道上，薄雾飘荡，老潘骑辆破旧的三轮车，穿行在小镇的街巷里。他边骑边大声吆喝："收破铜烂铁，收旧书报，收酒瓶喽——"声音苍老而空茫。

　　小镇上的人们舒展着腰身，开始一天的忙碌。听到这熟悉的声音，会从屋子里走出来，用家中的旧物来换钱，又或是想瞧个热闹。在这个小镇上，谁不知道老潘？一个收破烂儿的老头，偏又是个"怪人"。

　　老潘其实也就五十来岁，常年穿梭于街头，使得他黝黑消瘦，脸上皱纹纵横，像是位饱受风霜的老人。他穿着件洗得泛白的灰布衫子，衣襟处斜插着一枝鲜花，显得突兀，又有些怪异。

　　一群顽皮的孩子，时常围在他身边，嬉笑地看看他，又看看花儿，忍不住起哄、取笑，兴致勃勃地嚷闹着，谑称他"破烂王、怪老头……"

老潘爱花，亦喜养花。那些花花草草、破盆烂罐，原本是人们随手丢弃的垃圾，被他当宝贝似的捡来，搬回居住的老院。在他的细心侍弄下，枯萎的花草重又焕发生机，叶茂花繁，娇艳丰盈。

早上出门前，老潘总要折一枝花，别在衣襟上，这才骑着三轮车出去。

"我有旧书卖。"教书的李老师拦住老潘，盯着他襟上的一朵花，看了又看，晃着头说："在宋朝有男人戴花，那是文人士大夫的风雅。现在都啥年月了，你也别朵花，这算什么事？"

旁边的王婶撇撇嘴，讥笑道："男人别朵花，真笑死个人了。"

老潘也不多语，只管低头称书，找钱，然后骑上车走了。李老师轻叹口气，扭身对王婶说："这个老潘，虽说性情怪些，却是个苦命的人，还是个孝子。"

早年间，李老师跟老潘住同一条巷子里，后来才搬了家，知道他过往的经历。他的父亲去世得早，自幼与母亲相依为命，母亲靠做手工杂活，供他上学读书。后来，母亲患了病，瘫痪在床，他只得辍学回家，照顾母亲。

那些年，为了给母亲治病，还借了许多钱。母亲的病稍好些，他便出去回收旧物换些钱，留很少的钱维持生活，其余的用来还债。

其后，三十余年的光阴里，他全心侍奉母亲，怕她寂寞，养了满院子的花。母亲去世以后，只剩他独身一人，依然每日忙碌，还清了所有欠账。

"武陵杯"世界华语微型小说年度奖获奖作品集

2021

令小镇人感到惊讶的是，不知从哪天起，再见到老潘，他衣襟上总别着朵花。自然地，引来一阵哂笑，有人打趣地说："这个老潘打了半辈子光棍，老了老了犯起花痴，他这是把花儿当成伴了。"

他听了不恼不急，也不辩驳。任由别人怎么说，他依然每天在衣襟上别朵花，还变换着不同的花。好似有了这些花儿，暗淡的日子，就会多几分明媚。

夏日又至，雨水多了起来，接连下了几天大雨。临近黄昏，几个妇人急慌慌来找王婶，"河水突涨，有人瞧见你家小翠被水冲走，快去看看吧"！王婶吓得面色灰白，跟随众人向河边跑去。

镇上的孩子上学，要蹚过一条河，平日里水浅，倒也没什么。女儿小翠早上出门时，王婶还叮咛她过河慢些，哪料想放学路上，竟真的出事了。

到了那里，在河滩找到小翠，浑身湿透，正惊惧地大哭。

从她断断续续的哭诉中，大伙明白了事情的经过：小翠被上涨的河水冲走，恰巧老潘经过，跳进河中救人，将她推上滩岸时，他却被翻涌的浪头卷走，冲向下游。

人们沿河继续寻找，还好在相距不远处发现老潘。他被斜向河中的一截大树杈绊住，腿被树枝划伤，所幸并无大碍。

雨过天晴后，小镇恢复了往日的宁静。这天早上，老潘又骑着三轮车出门，市井街巷中，响起他苍老浑厚的声音。

"老潘来了，正等你呢！"嗓音清脆响亮，王婶边说边拎着个旧麻袋走来，"这些个旧物件，堆着没什么用，你收拾走吧！"

待到近了，王婶盯着老潘衣襟上的花，微笑着问他："这是什么花哟？"

"要说这个花，有个好听的名字。"老潘悠悠地说，"它是白兰花嗨。"

"还真是好听呢。"王婶应道。正说着，一阵微风吹过，王婶深吸了口气，忽觉一阵花香轻盈盈飘过来，直沁入心底。

（原载于《小说月刊》2021年第4期）

两封急电

— 白旭初 —

这是1987年我采访老红军周世朝时，他讲的许多故事中的一个片段。

1948年春，我西北野战军第一、二纵队在彭德怀司令员的指挥下一举拿下凤翔城后，又越过凤翔城与宝鸡市的守敌交上了火。

野战军司令部设在一座小村庄里，刚扎下营，司令部电台第三台就忙得不可开交，电文一窝蜂般地飞来，一下绷紧了大家的神经。电文上说，从西安方向窜来一股敌人，趁我后续部队没有迅速跟上的空隙，再度占据了凤翔城。我军处在腹背受敌的危险境地。

电文送到司令部后，负责电文上传下达的通讯参谋迟迟不见返回。

等待中的分分秒秒都无比漫长，新来的小报务员业务能力不差，但见的阵仗少点，有些着急了，对身旁的周世朝说：

"主任，还没回音，这咋回事？"

报务主任周世朝更是惴惴不安，前胸后背都是敌人可不是小事，但司令部做出新的决策需要时间呀。

平静预示着紧急。

为确保通讯万无一失，周世朝对小报务员说："把耳机给我，我接替你的工作。"

就在这时，电台通讯室的门开了，走进一个人来。

周世朝一看，立马起身，庄重地行了一个军礼，同时大声道："司令员好！"

司令员回礼后，倒背着手，边走边看，神态十分悠闲。他向每个人问好，还看了看收发报机，摸了摸周世朝头上的耳机。

周世朝不禁纳闷，腹背受敌的，司令员没事儿一般，怎的一点不着急？

忽然，司令员看了一下表，把手上的一张纸展开后放到周世朝面前，十分严肃地说："请发电报！"

周世朝一看电文，啊，紧急电报！平时拍发电报都是通讯参谋与他联系，今天司令员亲自前来，事关重大啊！

收报方距离司令部约两百里地，周世朝立即用紧急代号呼叫，由于远处隆隆炮声的干扰，声音微弱，第一次联络失败了。

"请你在十分钟内务必把电文发出去！"司令员又简短地说了一句。

第二次周世朝终于叫通了。周世朝业务能力强，每分钟能拍发一百二三十个字，不一会儿就把司令员的电文拍发完

"武陵杯" 世界华语微型小说年度奖获奖作品集 2021

了，前后只花了两分多钟。

司令员严肃的脸上露出了笑容，和蔼地说："叫什么名字？"

"周世朝。"

"多大了？"

"29岁。"

"哪里人？"

"湖南大庸县。"

司令员听罢，风趣地说："呵，知道知道！是跟着贺龙一起杀出来的'土匪'嘛！"

司令员的话引得大家哈哈大笑，司令员也跟着笑起来。这笑声像一阵温暖的春风，驱散了大家心中的愁云。

不久，胜利的消息传来了。在司令员的指挥下，野战军第一、二纵队，经过一天一晚的奋战，终于攻克了宝鸡市，炸毁了敌人一座庞大的军火库，缴获大批军用物资。

夜深了，远处的枪炮声渐渐稀落下来，每个人的脸上都洋溢着胜利后灿烂的笑容。

周世朝正与战友们说笑着，突然间，司令员又跨着大步走进了电台通讯室。进门后，司令员却一声不响，不停地踱来踱去，神色严峻。

司令员反常的情绪，把周世朝弄糊涂了，心里嘀咕：咋啦？部队不是刚刚打了大胜仗吗！

周世朝正想着，司令员已走到他面前，看了一下表，急促地说："发特急电报，一定要在五分钟内发出去！"

周世朝的心怦怦直跳，马上用特急代号呼叫对方，十分顺利，只用了一分多钟就叫通了。

司令员口授电文，周世朝飞快地按动着电键，电文是：敌人一个师在凤翔截我后路，令第一、二纵队火速返回黄龙山集结……

司令员见电文顺利发出，随即命令周世朝：三分钟后，电台与司令部一起转移。

周世朝问："司令员，我们是要撤退吗？"

"不。是前进。"司令员回答说，"有时候撤退就是前进！"

说完，司令员疾步跨出了门。

（原载于《北方文学》2021年第9期）

终极舞者

— 苏美霖 —

罗斯接到艾拉的邀请，前往维纳斯餐厅。一路上，他手舞足蹈，兴奋极了。

艾拉是这座城市最美的芭蕾舞"魔仙"，她的舞蹈对任何人都有魔力，没有人不喜欢。

穿着红色晚礼服的艾拉像一朵玫瑰盛开在餐厅的角落，她送上一枝玫瑰，深情地对罗斯说："亲爱的，还能接受艾拉对你的爱吗？"

"我暗恋你二十多年了，你也许不知道。这不是梦吧？"罗斯涨红了脸，激动得发抖。

艾拉神秘地说："罗斯，一会儿去我家吧，还有个意外惊喜等着你。"

罗斯的心像一匹狂躁的野马，闹腾得饭也没吃好，急着要去撒欢。

艾拉打开家门时，罗斯被吓了一跳——和艾拉长得一模一样的一个女孩朝他扑来，热情地说："亲爱的，你是罗斯先生吧！我是艾拉，妈妈说你今天晚上会来，你是我的男朋友。"

罗斯听傻了，急忙躲开新艾拉的拥抱，惊恐地问："妈妈？你们谁是真的艾拉？"

艾拉让那个女孩先回房间，她乞求道："罗斯，我快要死了！是肺癌，只剩下两个月的时间了，我登上国际舞台的梦想还没实现。那个艾拉是机器人。"艾拉剧烈咳嗽起来，手帕上鲜红的血迹让她妩媚的脸变成了一片死灰。

罗斯惊呆了，努力镇定下来，说："艾拉，别难过，我愿意帮你，都会好起来的。"

"半年前，医生说切掉肿瘤能多活一些年，可我的身体会废掉，没有力气再跳舞。离开舞蹈，我生不如死。这个艾拉是我花掉全部积蓄，找一位博士制作的。我从三岁开始跳舞，宁愿肉体死掉，舞魂也要永远活着。今年的国际金皇后舞蹈大赛，我托了各种关系才报上名。两个月后，她要代替我去实现梦想。"艾拉双目放射出灼灼的光芒，"我教她半年芭蕾舞了，但她缺乏轻盈和柔韧性。你会计算机编程，你来改造她吧"。

"你应该继续找那位博士改造她。我除了编程，什么都做不了。"

"博士他……他是一个很坏的糟老头子，用机器人的秘密敲诈我。半年前，他出车祸死了。"艾拉坚硬的目光像一团燃烧的火被浇上冰水，暗淡下来。她哀求道："亲爱的罗斯，你是我最后的希望。求你了！"罗斯把艾拉搂进怀里，悲伤

"武陵杯"世界华语微型小说年度奖获奖作品集

2021

地拍着她的背，不知如何安慰是好。

罗斯仔细检查了机器人，建议艾拉教机器人跳节奏慢一些的舞蹈。

艾拉绝望了，歇斯底里地大喊："不，艾拉必须跳芭蕾舞，这是我一生的追求，我的命！"

平静下来的艾拉又找到罗斯，说她教会了机器人跳古典舞，也联系了主办方，把参赛项目改成古典舞。

罗斯给机器人艾拉办好了一切出国手续，经过一番周折，终于到达了法国。

比赛这天，机器人艾拉被现场的医疗检查人员查出了机器人身份，报告给评委会后，禁止她参加人类的舞蹈比赛。

罗斯焦急万分，只好带着机器人艾拉坐上观众席。当主持人宣布66号选手艾拉未到场，放弃比赛时，罗斯痛苦地捂住脸。

突然，他耳边响起艾拉的声音。在绚丽的舞台上，机器人艾拉在讲述一个关于终极舞者艾拉的凄美故事。她最后说，我是人类艾拉的灵魂，我想代表她为大家献上舞蹈《千古绝唱》。观众席上有啜泣声响起，继而响起雷鸣般的掌声。她曼妙的舞姿配上性感又华丽的服装，征服了所有评委，破例给她颁发了一个"未来舞星"的奖杯。

罗斯给艾拉发去机器人艾拉跳舞的视频，他把"未来舞星"的奖杯修图成"国际金皇后舞蹈冠军"的奖杯。

艾拉看到另一个自己高举奖杯，屹立在国际舞台上，她又哭又笑，舞起了获奖的古典舞《千古绝唱》。

罗斯回国后，艾拉让他修改机器人艾拉的程序，抹去跳舞的记忆，从此不再让她跳舞。艾拉又举办了一场新闻发布会，宣布自己从此退出舞蹈界。

艾拉带着微笑离世了。她告诉罗斯，如果他爱着机器人艾拉，可以长久地让她陪伴；如果不爱，让她神秘消失，不要惊动任何人。

艾拉死后的第三天，正在罗斯准备带着机器人艾拉离开她的家时，警察找上门来，说艾拉涉嫌谋杀了本城制造机器人的乔博士。

（原载于《芒种》2021年第3期，转载于《小说选刊》2021年第4期）

三等奖

生肖石

— 韦如辉 —

沙一鸣县长提拔到市里任职，新县长迟迟没到，县长办公室空闲月余了。

接到新县长到任的通知，秘书小李忙坏了，他从会场出来，风一样吹向办公室。

天蓝得不像话，阳光从玻璃窗里泄进来，粒粒微尘在透明的空气里沉浮。小李一眼就看见了办公桌上的灵璧石，心里惊叹一声：沙县长真大意！不！沙副市长真大意！怎么没把宝贝疙瘩带走啊！

灵璧石酷似一匹腾跃的马。马头高扬，马鬃摆动，前蹄跃起，后蹄踏地，紧绷的肌肉绸缎一样光滑。每次看到它，小李都会不自觉地打个激灵，多么矫健的一匹马啊！小李当然知道，它就是一块生肖石头，一块来自灵璧石中的磬石，击节有声，余音绕梁。

小李取来一块干净的毛巾，轻轻将生肖石上的灰尘拂去，

"武陵杯"世界华语微型小说年度奖获奖作品集

2021

小心装到盒子里。小李想，改天到市里开会，顺便给沙副市长送过去。这是他的心爱之物，也是他的私人藏品，生肖石右前蹄镂刻一枚小小的印章——一鸣赏之。

推开办公室虚掩的门，沙一鸣深陷在座椅里，头靠着椅背休息。小李想，沙副市长肯定累坏了。在县里的时候，干部们私下里都叫他"一团火"。

小李轻手轻脚，还是弄出了动静。在盒子落地的那一刻，沙一鸣惊醒了。他声似洪钟，"小李啊"。

小李哆嗦着回答："是我，沙县长。"显然叫错了，小李急忙补充一句，"沙市长"。小李的脸居然红了，在老领导面前，他不该如此拘谨和失态。

小李指着盒子说："这块石头，您忘在办公室了。"

沙县长工作之余，喜欢盯着生肖石凝思，偶尔弓起两根手指，在马身上弹一弹，纯净的磬声，把他一身的疲惫涤荡。

沙一鸣哈哈笑起来，"小李啊，你搞错了，它不是我的东西！"

小李瞪大眼睛，眼前高大魁梧的沙一鸣，好像不是之前的那个人。

时间回到九年前，沙一鸣在沙河镇任副镇长，分管文化旅游这一块。春夏之交，镇里联合灵璧石研究协会举办灵璧石文化节活动，为了感谢他对这项工作的鼎力支持，对方赠予他一块生肖石。沙一鸣属马，尤其喜欢灵璧石，但他明白，这块石头不能要，所以，他婉言谢绝了。活动结束，合作方撤离，沙一鸣才发现自己的办公桌上，多了一块马生肖石头。右前蹄上还有一枚"一鸣赏之"的印章。看来，怕他再次谢绝，这印章刻意为之。

这块生肖石，在副镇长、镇长、书记、副县长、县长任上一直跟着沙一鸣。

沙一鸣从回忆中回到现实，"小李，这块生肖石能是我的私人藏品吗？"

小李没有回答问话，他被沙副市长带到故事里去了。

"它是属于贵县的。"沙一鸣指着盒子说，"麻烦小李同志带回去！"

"可是，上面刻有您的名字啊。"小李结结巴巴地说。

一缕斜阳照到沙一鸣的脸庞，国字脸的气色愈加红润。他弯下腰，从抽屉里翻出一把刻刀，慢慢向盒子靠近。

印章被沙一鸣的刻刀，弄得面目全非。

三个月后，拍卖会上，以五十五万元的高价，拍出一块马生肖灵璧石。拍卖师遗憾地告诉小李，如果不是马蹄子上的伤疤，可以多拍十万元。

拍卖方的代表小李，并不觉得有什么遗憾，他脑瓜子运转着，一个学校的教学楼即将拔地而起。

（原载于 2021 年 2 月 5 日《安徽科技报》）

鼻　鉴

— 程思良 —

　　大师失明后，不再作画，但仍为徒弟们鉴画。大师还立下规矩：徒弟们的画作，未经他鉴定，不得面世。

　　大师目不能视，焉能鉴画？原来他有独门绝技——鼻鉴。

　　徒弟们送来画作，大师以鼻嗅之，即可判定画之优劣。凡被判为劣作，就会当即撕毁。

　　那天，两个徒弟请大师鉴画，同来的还有一位画商。凡被大师称赞之作，画商就会放心收购。

　　大师嗅过大徒弟之作后，一边撕画，一边斥道："满纸铜臭！"

　　大徒弟画的是一只栩栩如生的貔貅，是一位大富翁重金订购的。

　　大师嗅过二徒弟之作后，面带微笑地说："清气袭人！"

　　二徒弟画的是一支亭亭玉立的清荷。

　　画商收下了二徒弟之画后，望着大师，试探地问道："大师，不知能否为我鉴定一幅画？"

大师微微颔首。

画商小心翼翼地奉上一幅画。大师细细嗅之，突然面露异色，拿起画作，准备撕画。

"大师，这画难道不是您的真迹？！"画商惊叫道。

大师沉吟片刻，长叹一声道："画是真画，只是此画乃年轻气盛时与人争名斗胜而作，充满'名利气'！与其留在世间污人眼睛，不如毁之！"

"大师，这是我在拍卖行高价拍来的，还请您手下留情。"画商忙道。

"甭担心，我再送你一幅没有缺憾之作。"大师幽幽地说。

（原载于《小说月刊》2021年第9期）

戏中寒

— 赵淑萍 —

青岛的票友点了一出《南天门》。

马天芳正如日中天。他知道，青岛港是个戏码头，热爱京戏者众，品位也高。在《南天门》中，他饰演义仆曹福。主人曹正邦被太监魏忠贤所害，他携曹女玉莲逃跑，走雪山时脱衣为她御寒，自己冻死途中。

正值酷暑，戏里戏外，简直是冰火两重天。戏院的老板说，就让观众在戏里"纳凉"吧。

台下，座无虚席。看到精彩处，观众们都忘了摇动手中的折扇。

舞台上，大雪纷飞，寒风瑟瑟。马天芳玄衣白须，那长长的白须，如银练，挂于胸前，甚是醒目。

曹福这角色很是考验功力。这角色属于老态龙钟、身子羸弱的衰派老生。马天芳不仅演出了曹福的老态，还演出了人物的内在之美，唱腔酣畅朴直，雄浑苍劲，动作洗练洒脱。

场内看客报以如雷的掌声。

戏入高潮，马天芳已经一脸的汗。灯光射在脸上，闪闪发亮。

台下的鼓掌、呐喊一阵阵，一浪浪。突然，传出一种异样的声音，原来有人喝倒彩，而且带动了一片观众。这出戏，马天芳演得很熟，也很松。于是，他循着异样的声音望去，记住了那张脸。

一下台，他就在脑海里迅速过了一遍自己的戏，没有任何纰漏啊。他甚至问了侧幕后面的人，都觉得没有任何一处闪失。

戏结束，演员谢幕。他分明看到那人还在，跟其他观众一样，也在拼命鼓掌。大幕一合拢，马天芳急急下台，径直向那人走去，请他留步，并邀至后台。让座，沏茶，恭恭敬敬地问："敢问先生尊姓大名？"

看客说："我姓辛名达。如果不喝倒彩，又怎能接近大名鼎鼎的马天芳先生呢？"

不等马天芳说话，这辛达就自顾自说起了马天芳的籍贯和家世。"你祖上是簪缨世家，你父亲迷上戏后，就跟着戏班走了。他被永远逐出了家族。你从小学艺，博采众长，小小年纪就声名远扬。"看客对他了如指掌。

辛达又说："我和令尊大人一样是票友，我佩服他的勇气，可我永远只能做一个票友。"

辛达滔滔不绝，马天芳为他续茶，然后说："先生对我了解细致入微，不胜荣幸。只是今天的事，还望先生指点迷津。"

辛达说："指点岂敢，只是，戏中大雪纷飞，老曹福衣衫单薄，应当是打寒战，起鸡皮疙瘩，怎么可以大汗满面？"

马天芳说："我唱念做打，盛夏，怎么能不出汗，又怎么能冻出鸡皮疙瘩？"

辛达呷了口茶，说："机会难得，在下只求一事，明日上演，是否允许鄙人客串一回？一则圆平生夙愿，二则切磋剧情。若有差池，在下一人负责。"

第二天的《南天门》，马天芳穿了便装，坐在最前排。

辛达饰曹福，举手投足都是马天芳的韵味。高潮处，瑟瑟发抖，而且马天芳看到，不仅手和脸都没汗，倒下时后脖子上竟还起了鸡皮疙瘩。他走到后台，叹服，拜谢，称他为一戏之师。"谢谢您，圆了我的一个梦。论技艺，我怎么能跟您相比？控制出汗是容易的，少喝水，练功，就是了。"辛达对他说。

离开青岛前，马天芳去辛达住处告辞，意外听说，辛达受寒卧床，后来病情加剧，已经住院。

马天芳赶到医院，辛达看到他，坐起身，居然打寒战。而此时，窗外是猛火日头。

马天芳问："大热天怎么会得寒症？"

辛达说："戏中寒，冻伤了。好在心愿了了。"

马天芳从未见过如此"入戏入道"的票友，一出戏，自己流汗，他却冻伤。回沪后，马天芳给辛达寄去中药，问候病情。而辛达的回复，总是云淡风轻。后来，有知情人告诉他，辛达的寒症，持续了半年之久，即使病愈，每逢人提到马天芳，提到《南天门》，辛达还会不自禁地打寒战。

（原载于《故事会》2021年第5期）

母狼记

― 何君华 ―

你可曾听说一名外科医生为自己实施手术？而且，这手术不是一般的手术，而是截掉自己一条腿的高难度手术！

我没听说过这样的外科医生的故事，但我却听说过一头狼的故事，一头科尔沁草原狼的故事——那时，那头狼在科尔沁草原闻名遐迩。

那头狼实在太有名了，也许你已经听过它的故事，那么，再听我讲一遍吧。

那是许多年前的一个傍晚，科尔沁草原上最善良的牧民哈斯巴根狩猎归来，带回一头受伤的狼。

哈斯巴根一边将狼抱回蒙古包内，一边急切地招呼妻子乌日娜："嘿，乌日娜，赶紧打些水来！"

那头狼浑身是血，一条后腿好像已经断了，身体羸弱不堪。

乌日娜连忙端来一盆水，哈斯巴根将狼身上的血迹擦净，

"武陵杯"世界华语微型小说年度奖获奖作品集 2021

又在伤口处涂了一些创伤药。

等擦净血迹之后，乌日娜才发现那头狼的伤口集中在右后腿。准确地说，它的右后腿已经断了，露出了森森白骨！它是怎么受的如此重的伤？

丈夫哈斯巴根告诉她，他是在狩猎归来的途中发现这头狼的。当时他刚出科尔沁旗不久，这头狼拖着腿倒在血泊之中，身后还有一条长达百米的血痕。

这头狼显然是被猎人投放的铁夹子夹住了，但它竟然忍受剧烈的疼痛，顽强地截断了腿，相当于为自己实施了一台截肢手术，然后又艰难地向前爬行了近百米。

兴许是听到了不远处的马铃声，那头狼奋力地挪动身体，大着胆子向作为人类的哈斯巴根投去乞求的眼神。它的身体僵硬而扭曲，目光流露着深深的绝望和痛苦。

哈斯巴根敏锐地察觉到了异样——那头狼的腹部鼓鼓的。他瞬即明白了母狼自我"截肢"也要逃生求救的原因，决定立即把它带回家救治。

哈斯巴根将母狼安顿在炉火旁，母狼身受重伤又疲惫不堪，很快便沉沉睡去。

半夜里，睡梦中的哈斯巴根隐约听到一声低沉而隐忍的狼嗥。哈斯巴根醒来，作为一个勤劳智慧的牧人，他只看了母狼一眼便明白了一切。

乌日娜也醒了过来，哈斯巴根告诉她，母狼马上就要生产了。而他心里十分担忧，因为母狼伤势太重，它能顺利产下它拼命护佑的狼崽吗？

哈斯巴根紧挨着母狼坐着，嘴里念念有词，用手轻轻地按摩母狼颤抖的腹部。

哈斯巴根和乌日娜知道，母狼在拼尽最后的力气。

天神腾格里保佑！不一会儿，一只小狼崽顺利出生了，紧接着第二只也生了下来，接着是第三只、第四只，母狼接连顺利地生下了四只小狼崽，但鲜血也一刻不停地从它的身体里面汩汩流出。

就在这时，令哈斯巴根和乌日娜不敢相信的事情发生了。虚弱不堪的母狼竟然挣扎着爬起来，温柔地伸出舌头舔了舔四只刚出生的狼崽，然后便轰然倒地！

母狼流干了身体里的最后一滴血。

哈斯巴根将母狼留下的四只小狼崽喂养大，也将母狼的故事告诉了周遭的每一个人。他给母狼取了名字——赤那（这本来是蒙古语"狼"的意思，但从此以后，人们只用来指称它）。赤那的名字随即传遍了科尔沁草原的每一片牧场。

我也是从一位牧民口中听到母狼赤那"截肢救子"的故事的，听完他的讲述，我半天说不出话来。

后来，哈斯巴根将长大的四头小狼放归了山林，他觉得那是它们该去的地方——那是它们的母亲曾经留下过足迹的地方，尽管它们对此一无所知。

哈斯巴根说，他以前单知道草原狼凶猛残暴，但那一晚母狼赤那让他知道，草原狼也会勇敢坚毅，也会无限柔情。人要懂得的还有许多。

（原载于《金山》2021年第7期）

武陵杯 世界华语微型小说年度奖获奖作品集 2021

主妇王博颊

— 谢志强 —

村里人都说苏吉利讨了个好老婆，会过日子。

苏吉利样样"拿不起"，王博颊样样"拿得起"。不过，苏吉利说："我不娶她，谁会要？"

王博颊没缠过足，脚板很大，背地里，有人叫她王大脚。

王博颊很会持家，里里外外，七奋斗，八扫帚，把家收拾得干干净净，暖暖和和。还将破败的屋子翻了新，青砖黑瓦，焕然一新。那烟囱，冒出的烟，也朝气蓬勃，向上有力。

村里人称赞王博颊勤劳能干，理财有方。同龄人说："苏吉利有福气，全靠这么个老婆，不然要成叫花子了。"

苏吉利很郁闷。他时常当着邻居的面，对老婆摆架子、耍威风，差东遣西、吆三喝四，他觉得很有面子。来了客人，按规矩，老婆不上桌，他还催菜，唤酒。

这一带的家庭，祭祖宗、请财神、拜菩萨之类的祭祀，都由男主人主持操办，忌讳女人沾手。

王博颊关起门，在灶台上煮、炒、拌，端上了祭桌，她就回避。

苏吉利敞开门操办祭祀仪式。有时，老婆买来炮仗，任由他放，弄得动静很大。可是，村里人还是说："苏吉利有眼下的好日子，全靠老婆养。"

苏吉利堵不住别人的嘴，就朝王博颊撒气，说："你不在，我没法活了吗？"

王博颊不吭声，默默扫地。

苏吉利夺下扫帚，狠狠地踩，说："我要把你扫地出门。"

王博颊说："这不是没事生事吗？过日子是两口子的事，不存在谁养谁。"

苏吉利赶王博颊出门——休了。起先，他又手痒"小弄弄"。土地也撂荒了。老婆在时置办的家什，他陆续变卖。不出两年，屋里空了乱了。第三年，有一次，押了房子，一博，却赌输了。他不得不外出讨饭。他受不了村里人的闲言碎语——脸没处搁了。

又一年，农历十二月廿三日，他俨然一副乞丐的模样了。他循着气味进了一个村庄，那是酒肉的香气。一打听，获知村东有户人家造屋，在办上梁酒。老婆翻新屋子，办过上梁酒，来者不拒，包括叫花子，这个习俗能让他混上好食物。

这户人家竟盖起三间新屋。苏吉利探望厨房，火旺锅香，煎鱼炖肉，忙得不亦乐乎。赶得早不如来得巧，有好口福了。他开口一讨，厨师给了他酒和肉，叮嘱他："到空的地方去吃。"

嘴里进，肚中热，苏吉利的耳朵也不闲，各种欢喜的声音里，他听出了眉目：这户人家，原来穷得寒酸，差一点沦为叫花子，多亏了老婆王博颊当家，日子好了，盖起了新屋。

叫花子，新屋，王博颊……苏吉利以为是说自己的故事。可是，三间新屋气气派派地立着，难道谁娶了王博颊谁就旺了？

偏偏最怕见谁，谁就出现。苏吉利躲也来不及了，他埋下脸。王博颊看见他，一脸惊奇。

苏吉利恨不得脚下裂个缝，一头钻进去。他别开脸，望见灶膛，里边的火焰像起哄。他起身，冲进去，径直钻进……烧得焦头烂额，如一根大火中的枯木。

怕丢脸，不要命。王博颊张罗着给他筑了一个坟墓，还上街，叫人画了一幅像，贴在灶上，以示纪念，毕竟夫妻一场。其中的隐秘，无人知晓。

每年农历十二月廿三日，王博颊摆上酒菜，供上，然后，烧掉乌黑的画像，换上同样的一幅。竟然有许多家庭主妇也效仿——王博颊把一个家打理得那么美满，必定有其妙法。渐渐地传言，那画像，是灶神，也引出了多种称呼——灶司、灶王爷、灶君菩萨。这就形成了风俗，一年两次祭祀，第一次农历八月初三，灶君生日（那是苏吉利的生日），第二次，农历十二月廿三日，送灶日（苏吉利的忌日）。供灶君的一系列事务，均由家里的女人主持操办。竟然入了《礼器记》："灶者，老妇之祭也。"

临山那一带，做饭的燃料，均用农作物的副产品，棉花秆、豆秆、稻草，还有野生的芦苇。每家的灶间，砌有双眼大灶，一根烟囱直逼屋顶。烟囱与烟斗的转角处，砌有双步梯阶的灶君堂，堂内供奉着灶君神像，神像两旁有对联，上联：上天奏好事；下联：下界保平安。

　　据老人说老话：都是当初主妇王博颊定下的格局，灶间是女人的世界，人家王博颊不容易，还放脚了。

　　（原载于《文学港》2021年第3期，转载于《小说选刊》2021年第3期）

康　婶

— 满　震 —

康婶一直住在旧楼的五楼。儿子孝顺，考虑到老妈老爸年岁大了爬楼梯渐渐爬不动了，就给他们买了套电梯房，新房子里配置了新家具新家电。儿子让爸妈把旧家具家电、旧衣服等旧物都淘汰了，搬进新居后开始全新的生活。

康婶在整理旧物的时候，看看这个，舍不得扔；摸摸那个，也舍不得扔。好些东西还是好好的，虽然不会再用到，但扔了真可惜。便想到一个处理办法：送人。送谁？首先想到的当然是亲戚。

她就给刚添孙子的表妹发微信说："恭喜你做奶奶了。我孙子用过的小摇床、小车车，还有好多的玩具，都是六七成新呢，有的买来就玩两三回，还是新崭崭的呢。这些东西买起来也不是小钱，我想把它们送给你们。要不要啊？"

也是苦日子过来的表妹感激地说："要啊要啊！"过去她就常从表姐这里接受一些旧衣旧物。

康婶说："你要是要就尽快来拿，我们近期就要搬家了。"

表妹说："好啊好啊，礼拜天儿子儿媳休息带孩子，我就过去拿。谢谢啊！谢谢啊！"

可是，礼拜天过去了，表妹也没来拿。康婶就打电话过去问："你说来拿东西的，怎么没来拿呀？过两天我们就要搬家了。"

表妹说："不好意思啊，这个礼拜天儿子儿媳加班，我也脱不开身。下个礼拜吧。不好意思啊。谢谢啊。"

可是，下个礼拜天又过去了，表妹还是没来拿。康婶又一个电话打过去："你怎么还是没来啊？"

表妹吞吞吐吐地说："这个礼拜，地里有些活计急着要做，我去乡下了……"

康婶不高兴了，我是送东西给你，又不是跟你讨要东西，还得我三请四邀的，气得话没说完就挂了电话。

康婶去跳广场舞的时候遇到杜婶，想到压箱底好多年舍不得穿而今因为发胖再也不能穿的一件旗袍，就夸赞说："杜婶啊，你看你这三围，丰满的胸，细细的腰，圆圆的臀，身材多好啊！你哪像六十的人呦，你简直就像三四十岁的风韵犹存的少妇啊！"

杜婶真的就像三四十岁的少妇，让康婶说得有点害羞，嘴上说："你真是瞎说八道！老了，老了呦。"心里美滋滋的。

康婶说："我说的是实话呀。你看我胖得就像个水桶，上下一样粗。这两天翻旧衣服，好多都穿不上身了。我有一件旗袍，年轻的时候花了大钱买的，可是平时舍不得穿，只有去重要的场合才舍得穿，如今却怎么也穿不得了。哎，我

"武陵杯"世界华语微型小说年度奖获奖作品集

2021

看你这个身材要是穿了肯定漂亮呀！要不我明天带来给你试穿一下看看怎么样？"

康婶一口气把想说的都说了，心里想，她要是乐于接受，我就把另外几条裙子还有几件上衣都给她。

没想到杜婶斜了她一眼，不高兴地说："你以为我的日子过得不如你是吧？你当我这里是垃圾回收站是吧？我告诉你啊，我女儿女婿都是外企中层，经济条件相当好；我和老伴两人退休工资加起来六千多，用也用不完。我不稀罕你的旧衣服，你还是送给贫困户吧。"说完拉了个老头舞伴旋进了舞场里。

康婶碰了一鼻子灰。回去后想到表妹的儿子儿媳一个是公务员一个是教师，会不会也是……这时候表妹打来电话说："表姐啊，我想想还是跟你直说了吧。我家媳妇说不想要别人用过的旧东西，需要的时候去买新的。现在的年轻人真是不会过日子哦。我谢谢你的好心好意啊。"

康婶就自责，我怎么就没想到这些呢！遂把不能再穿的旧上衣、旧裤子、旧鞋子、新上衣、新裤子、新鞋子等统统整理好，而后一趟又一趟提到了楼下，塞进了红十字会在小区里设置的闲置衣物捐赠箱里。然后又打了捐赠中心的电话，问其他生活用品收不收，收集点在哪里……

办完了这些，康婶心里一阵舒畅。

（原载于2021年7月25日《九江日报》，转载于2021年9月3日《作家文摘》）

田小妮的夏天

—— 伍中正 ——

"武陵杯"
世界华语微型小说年度奖获奖作品集
2021

田小妮的男人是春天死的。

田小妮老是想到男人临死前说的话。男人的话，田小妮记得很清楚，不会轻易忘记，也不轻易对人讲起。

一到夏天，村里的媒婆一天之内就给田小妮介绍了四个对象。

田小妮记得媒婆介绍的第一个男人是个鼓师。鼓师的鼓打得很好，好到可以进专业乐团的那种程度。旁人议论鼓师的运气不好。女人生孩子时，他还在乡村歌舞团打鼓，等打完鼓回家，才知道是邻居打电话给医院，让医院的救护车把女人接到医院的。医生们惋惜，送迟了，女人的命没有保住，孩子的命也没有保住。鼓师曾经有一段时间言语不清，很多人以为他疯了。

田小妮还看鼓师打过几次鼓。鼓师打鼓时，神情很专注。

"跟了鼓师，比你先前的男人要强，说不定专业乐团往后会要他。"媒婆说。

田小妮没有回答媒婆，只是摇了摇头。媒婆很灵泛，再不说鼓师。

田小妮觉得媒婆的脑子总是装着一些男人的信息。

在田小妮面前，媒婆跟她说起了第二个男人。第二个男人是木匠。木匠的木工活做得好，尤其是床打得好。很多年轻人买婚床都愿意买他的。木匠还在小镇上开了一家木工坊。木匠运气不好，找的女人跟人跑了。木匠觉得，不跟自己扎实生活的女人，找回来也没啥意思。

木匠的遭遇，就是媒婆不说，田小妮也明白。

"木匠是不是可以考虑？"媒婆问。田小妮没有直接回答，只是摇了摇头。媒婆很灵泛，再不说木匠。

田小妮一直觉得媒婆会跟她说起第三个，甚至第四个男人，反正媒婆的脑子里有的是男人的信息。

鞋匠是媒婆给田小妮介绍的第三个男人。田小妮跟鞋匠在镇上见过很多次次。男人没走时，有两双男人穿破的鞋，就是田小妮拿到鞋匠摊位上让他补好的。鞋匠人好，肯帮忙，本来补好了两双鞋，鞋匠却只要一双鞋的手工钱。对比鼓师、对比木匠，田小妮感觉到鞋匠有一种说得出的好。

田小妮还是没有直接回答媒婆，只是摇了摇头。

果真，媒婆的脑子里很快蹦出另一个人来，那人是宋长安。宋长安一直收破烂。宋长安收破烂不起眼，收了二十多年，却做了一件很起眼的事，他边收破烂边收养了一个孤女。电视台、报社来记者采访报道他，他只是说："一个收破烂的，没什么可采访的"，简简单单地打发了记者，径直收他的破烂去了。

媒婆不说，田小妮还真忘了这个人。在媒婆面前，田小妮还是摇了摇头。

整个夏天，媒婆好像在那些男人面前放出了话。

先是鼓师来了。鼓师在田小妮面前很精神地打了一通鼓，然后很神气地告诉田小妮，秋天，他就要进城里的专业乐团了。沉浸在鼓声里的田小妮清醒过来，对鼓师说了一句："鼓师，你还是到城里去，跟城里的女人过日子！"鼓师明白田小妮的意思，走了。

接着是木匠来了。木匠叫人抬来一张床。木匠对田小妮说，往后过日子，用得着床。

那张床，田小妮看过两遍后，对木匠说："做工真好，放到你的店子里，肯定卖个好价钱！"木匠说："床既然抬来了就抬来了，没有抬回的道理。"田小妮说："怎么抬来的，就怎么抬回去。"木匠很明白田小妮的意思，走了。

鞋匠是挑着担子来的。他在田小妮的屋前摊开鞋机，就等田小妮出来。田小妮出来，鞋匠就说："看有没有穿烂的鞋，你的，你男人的，都拿来补补。"

"现在没有鞋要补。"田小妮很不好意思地说。鞋匠明白田小妮的意思，挑着担子走了。

宋长安来的时候，的确让田小妮吃惊不小。宋长安不是一个人来，是两个人来的，他的身后，是一个俊俏的女孩。

宋长安说："要安心跟我过日子，就过，我不亏你，也不亏我收养的女孩，就当是我们的闺女！"

田小妮噙着泪水，不知说什么好。

"武陵杯"·世界华语微型小说年度奖获奖作品集

2021

很久了，田小妮说："宋长安，往后，就把我当你的女人看。"

云淡风轻的秋天。田小妮、宋长安，还有那个收养的女孩，齐齐跪在田小妮男人的坟前。

田小妮哭着说："死鬼，我田小妮是按你当初说的，往后跟宋长安好，也跟他收养的女孩好。"

（原载于 2021 年 7 月 31 日《浔阳晚报》，转载于 2021 年 8 月 27 日《作家文摘》）

木 匠

— 郝思彤 —

　　木匠现在是个教书匠。他右手有条疤，在虎口蜿蜒，夜里还隐隐作痛。他的手那么粗糙，如同树皮的褶皱。月光下，木匠凑近嗅自己的手，似乎还能嗅到每个褶皱里有木屑的芳香。那种芳香，曾芬芳了他四十三年的日月。

　　他又想起那个下午。他笑着穿梭在树木间，花白的头发在阳光下闪着光，他刚完成了一件作品——《马踏飞燕》，那个满意哦，仿佛这些年漫长岁月的苦闷全不见啦。他极力放平了嘴角，"下山，找村东头老刘下棋去。"

　　村子还同以往一样热闹。胖大婶更丰腴了，嗑着瓜子说着鸡毛蒜皮儿的事，瞥见木匠，立刻扯出满脸笑来："终于下山了？！"木匠颔首："嗯，大作成了。""哟，是吗？不愧是木匠你啊！"胖大婶笑着，夸得木匠飘飘然，"有空给俺家打张桌子呗，梨花木，一米二的，成不？"木匠矜持地"嗯"了声，背着手只往东去了。

胖婶的孙子问："奶奶，那是谁啊？"胖婶敷衍地应道："一个怪人。"小孩儿突然来了兴致，追着木匠跑去。他想：怪人有多怪？是有三个眼睛两张嘴吗？他跟着木匠，学他背着手走。木匠挠挠头，他也挠挠头；木匠蹲下看一朵花，他也蹲下看；木匠摇头晃脑地说了什么，他也跟着说……突然有一只半个手掌那么大的蚂蚱飞过去了，小孩儿紧盯着蚂蚱，这才往田地里去了。

战至黄昏，木匠赢了老刘三局，乐呵呵。老刘打趣他："你行啊，棋艺见涨啊！这几年偷着练了？"木匠摇摇头："哪能。为了那件大作，有时候吃饭的空当都没有。"他故意卖了个关子，让老刘着急。"你以后万一得了奖，那可就是艺术家了。"木匠眼里都是笑："哪能呢，我就是个木匠。"

木匠忽然停住了笑。老刘一脸奇怪："咋了？""嘘，你听！"木匠说。有人喊救命？秋风吹过，地上的黄叶打了个旋儿，隐约间，真听到了"救命"！

木匠冲着声音飞奔了过去。混乱间，有什么东西砍中了木匠的右手。借着夕阳的余光，木匠看到右手上全是鲜血，拇指快被割裂了。他攥住拇指，痛苦地嘶嚎，"老刘，我的手！"然后晕了过去。

木匠醒来时，已躺在医院的床上，阳光温暖了床，他的手脚却冰凉。他想起医生的话："病人的右手，一定要注意保养，别做什么力气活。""那还能木雕吗？""这……恐怕不行。"木匠失去了当木匠的资格，他还能做什么？他想起那天胖婶的孙子跪着来谢他的救命之恩，叹了口气。

老刘来了，盯着木匠的脸："乡里小学，缺一个老师。"

木匠的脸抽搐了一下，说："好。"就这样，木匠成了教书匠。

后来突然来了一群记者，说他的《马踏飞燕》得了什么金奖。木匠真成了艺术家。但木匠收到证书与奖金后，去买了一个亚克力箱，把《马踏飞燕》放进了箱里。

他盯着那月光，喃喃自语："教书便教书吧，木匠。"他似乎看到一匹马，鬃毛飞扬，踏着一只燕，正奔向月亮。

[原载于《中学生阅读（高中版）》2021年第1期上半月刊]

行　军

— 程多宝 —

这支顶着高粱花子，扛着些"汉阳造""老套筒"的百十号人的连队，行军时多是白天里不走，尽往夜堆里钻。

战士们都眼巴巴地盼着有双好鞋。还在后方那会儿，根据地里做好的军鞋，不够他们分的。队伍上人太多了，蹲下来像是一片收获在望的庄稼，站起来就像是一望到了秋天的林子。

那些上面绣了花鸟鱼虫的鞋子更是抢手了，谁见了也要抓上一双呢。像他们这些刚来的胆子小，到后来捡些剩下的，好容易摊上一双，还不大合脚，大了的塞点稻草，要是小了，只好用刺刀在鞋帮上划口子了。

刚当上解放军的卢守坤有点搞不懂了，大家没日没夜地行军，怎么成天还精气神十足？卢守坤一路上脚板子急促促地可不敢停。就是瞌睡了，困着一只眼睛，脚板子还照样走得直溜。这功夫练的，整个人就像是队伍里的一只零件。回回走到宿营地，士兵们横七竖八地直打呼噜，当班长的得给大伙儿烧水烫脚还要挨个儿挑脚泡。

他的班长也是去年从那边举着手过来的，一年多就入党了。听他自己也说过，刚过来，哭过好几回，哭一次，人就清醒一次，这边叫"挖苦根，倒苦水"。

1946年内战全面爆发，三出陇海七战鲁西南的刘邓大军神出鬼没，于大踏步前进和大踏步后退之间拉出来不少的战机……这又是一个晚上，天还是黑得像墨一样，零碎的冬雨叩在脸上生生地疼，前胸后背已经汗透了，外面的衣服冻得像是披了层盔甲，里面的贴肉小褂凉飕飕的冰着心窝子。队伍还在悄然流淌着，卢守坤有些累了，一路都是黄泥巴地走起来太费鞋了。根据地送来的黑布鞋，穿着好是好，不磨脚也很少打泡一路如风还不带响声，可就是合脚的少，做的时候又没个尺码，都是一样的千层底，厚厚的，拿在手里掂上一掂，仿佛听到村长们挨家挨户动员时，那满院满屯满山洼子里呼呼啦啦吟唱一片的麻绳拉扯起来的乡土歌谣。一村一庄地收上来，太平车推过来这么一倒，一连连人马排过来，见人塞上一双，调换不到大小的只好凑合着对付。班长们就说了，大一点也不打紧，男人家扛枪扛炮的，脚大走四方嘛。

卢守坤刚来有点不好意思，最后捡了双小的，这一双掂在手里，瘦得紧巴，脚指头夹得生疼。他索性用刺刀挑了点鞋帮子，前几天还好，两天一过，一路的黄泥巴下来，鞋口就有点软塌了，这不，稀乎乎的泥巴地一粘，鞋子掉了。黑咕隆咚的不太好摸，还弄了一手泥。身子一弯下来，任队伍从旁边嗖嗖地过，班长跟了过来，小声地说："你别乱动，我来。"

　　班长就是班长，三把两把就摸到了。卢守坤伸脚一套，就是刚刚丢的那只，鞋内暖暖的余温还在呢。

　　脚底渐暖，夜色渐薄。卢守坤隐约看到前面班长的步子一颠一颠的不大平稳。是刚才帮自己找鞋时被后面的人撞了腿？还是脚底下生了泡？卢守坤有点不明白了，无奈行军的队列里也不好问话。班长有副好脚板，行军时总爱替别人扛枪，战士们向他夺，他都不肯放，还说："我有的是劲，不信你们谁有本事缴获老蒋一门山炮，我再扛给你们看看。"

　　班长的脚崴了？那也是给自己找鞋弄的。卢守坤心里毛了。班长呀班长，你这不是让我难受么。

　　前进的队伍像一把锋利的剪刀，把黑幕四合的天地剪开了一道缝隙，天色渐渐地明朗了。卢守坤这下看清楚了他的班长。班长的一只脚板子上光光的，只有一层清湿的绑腿。那只鞋呢？再一看自己的脚上，怎么两只不一样呢？是班长的鞋！班长……班长你一路光脚呢，这么远的路，怎么走过来的！

　　班长！卢守坤心头一热，他沿着班长王克勤同志的肩头放眼望去，冬雨已住，东方欲晓。一不留神的工夫，那轮1946年深冬的朝阳，早已跃上了这支队伍的头顶，一笑一笑的，亲亲这个又吻吻那个，没几下太阳的脸蛋蛋就红得有些发紫了。

　　这支精神头十足的队伍，怎么这么长呢？前不见头后不见尾，实在是太长了，越来越长了……

　　（原载于2021年1月5日《解放军报》，转载于《小小说选刊》2021年第4期、《微型小说选刊》2021年第4期）

锅炉工

― 尹小华 ―

2020年正月十五，我所在的光明小区锅炉工老于去世了，看墓老人在远郊墓地发现了他的尸体。当时，老于的身上别着一块白布，歪歪扭扭地写着：我可能是新冠肺炎患者，自愿捐献遗体。

接到报案，警察立即赶赴现场。经过现场勘查，排除他杀，字迹也为本人所写。

在我的印象里，老于爱管闲事，他把锅炉烧热后，喜欢在院里转，见什么管什么。几个孩子捡砖头投喜鹊窝，他教训："如果有人想捣毁你们的家，你们愿意吗？喜鹊们急了，会和你们拼命的。"有人倒垃圾不分类，他会当面提醒："你看不见垃圾桶上写的字？要是食堂师傅把饭、菜、汤给你打到一个饭盒里，你乐意？"有人停车压着线，他查出车主，就打电话一顿数落："小区本来车位就紧张，你这样一整，就少停一辆车……"被训诫的人有话当面说不出，便将怨气

"武陵杯"世界华语微型小说年度奖获奖作品集 2021

装进肚里。

老于每次都一本正经，还列举利害，让人辩解的机会都没有。

也有不吃老于这一套的。有个小伙子在小区里边踩着滑板，边玩儿手机……老于见后，担心道："多危险！"小伙子头也不回："管得着？"老于苦笑："算我没说。"

烧锅炉只集中在冬季的四个来月，其他时间老于就回老家种地。有一年停暖后，小区负责人对老于说："别回老家了，在小区接着干吧，水工、绿化、环卫随你挑，比你种地不强？"老于笑得像个佛，说一个萝卜一个坑，不抢人家的饭碗。

作为临时工的老于，也和小区其他临时工一样，享受免费食宿。但食堂规定，每餐只能在食堂吃，不许带走，老于却除外：锅炉刚加了水，溢出来不得了，没人盯着可不行。打菜时，老于还提醒师傅："勺子别抖，多来点儿。"

老于将打回的饭菜留一部分自己食用，其余的都给猫吃。小区有很多只猫，分散在各个角落，老于每天都喂。他有个破脸盆，"咣咣"一敲，猫们从四面八方纷纷赶来聚餐。有的猫吃饱了不走，还要和老于玩一会儿，或依偎在怀，或追逐玩耍，或爬到肩头嬉戏。小区的"铲屎官"们很欣赏老于的爱猫行为，但大部分居民对此不置可否，还有一小部分居民非常讨厌野猫在小区乱窜。特别是猫闹春的时候，整夜都能听到猫的嘶叫，叫声特别瘆人。有的老年人因此犯了心脏病，有的孩子被吓醒……自然就把怨气撒到了老于身上："要不是他，小区里怎么会繁殖这么多只猫？"

还有，每当老于看见居民丢弃的衣物鞋帽等，有的还很新，就洗刷规置后自用，或带回老家送人。

这就是我所了解的老于。

根据老于遗愿，依照器官捐赠相关规定，有关部门联系了老于的亲人，办理了遗体捐赠有关手续。

这天，向老于遗体告别仪式在墓园广场举行，可现场并没有老于的遗体，只在花圈上张贴了一张老于的遗像。在现场，我遇见了小区负责人。他说："老于不是新冠肺炎，死因是过度劳累……"

这让我大感不解。

为我解开疑团的是老于的替班："老于为烧锅炉，二十多年没有在家过过年，他老母亲已八十八岁，年前重病一次，昏迷中总念叨老于。老伴给老于打电话，让他回去见老母亲最后一眼……"替班讲到这里，眼圈红了，仰头看天，沉沉的，接着说："老于初十就离开家了，他是想早点赶回来，让我回家过正月十五。可是遇到封路，交通受阻，沿途饭店没一家开门，他整整走了五天，也饿了五天……"替班说着，拿出老于生前穿过的最后一双鞋，亮出鞋底，已经磨透了……

我突然抬头，发现戴着各种各样口罩前来送行的人，像星星一样布满广场，他们都是自发来的，有男有女，有老有少，有的拄着拐棍，有的坐着轮椅……就连那个边踩滑板边玩儿手机的小伙子也在其中……

（原载于《民主与法制》2021年第15期）

放　心

—— 欧阳华丽 ——

这个故事发生在二十世纪九十年代中期。

李丽十六岁时，她的母亲重病一场，出院后便在家养病，连农活都做不了。读高中的李丽每到周末都想回去看看母亲，可想着一来一去得十块钱的车费，家里为母亲治病已经欠了不少的债，这十块钱省下来，能给母亲买点好吃的补补身子，便决定一个月回家一次。

父母亲见她几个星期不回家，很是奇怪，尤其是母亲想她想得抓心，待她回来时便问她，敷衍几次后她实在找不到好的理由了，眼圈一红说："我想把路费省下来。"父亲便明白了，周日李丽再去学校，他叫住她说："下周回时把坐车的车票带回来，爸给你报销，你就安心回来看妈妈吧。"李丽眼睛一亮："真的可以报销？"父亲说："我是乡政府的会计，报销这点车费是小事。"李丽高兴得跳了起来，从这以后，她每次回家第一件事情就是从父亲手里接过报销凭证，躲在房间里认真地在凭证上贴车票，然后交给父亲，再喜滋滋地边做家务边陪母亲说话。

　　三年后，李丽考上了省城的一所大学，她知道家里只靠父亲一个人的工资还是拮据，便利用业余时间在花店打工，自己赚取一部分生活费以减轻家里的负担。不过寒暑假回家她仍把车票仔细地贴在报销凭证上让父亲报销，父亲也常叮嘱她：安心读书，不要太省，特别是晚上花店下班晚，回宿舍时一定要打的，把车票寄回来，他想办法报销。这天李丽打电话回家，父亲刚接电话她就哭出了声，说："我骑着店里的电动摩托车送花，在一个拐角处不小心剐了人家的车，给人喷漆得一千多块钱。"父亲说："你别急，人没事就好。先报警，修车费你让修理厂开好发票，爸给你报销！"

　　李丽止住泪："一千多块钱也能报吗？这可不是几十块钱车费。"父亲说："我手里有权，这能报，你把发票寄回来给我就行。但你得答应我，以后一定要谨慎再谨慎，再不能出这样的事了。"李丽连连答应，扑通乱跳的心这才安定下心。

　　四年一晃而过，李丽读完大学被分配到一家金融机构工作，由于她所学专业对口，加上业务能力强，所以，一上班就成了业务骨干，几年工夫就当上了副科长。

　　这年李丽的父亲退休了，他对李丽说："趁着你妈身子还行，我带她去旅游旅游，你有空就陪我们一起吧。"李丽当然一口答应，利用年假陪着父母去了北京、上海，逛遍了各处名胜景点，尝遍了各种美食，临回家时还给亲戚朋友带了不少特产。母亲直嗔怪她乱花钱，李丽说："您别担心钱的事，只管安心玩，这些我能想办法在单位处理掉。”

回到家，父亲把女儿叫到身边，问：“我看你这些天旅游的花费，都让人开了发票，你们单位都能报销吗？”李丽笑道：“爸，您就放心吧，我有办法变通的。”父亲叹息一声，从抽屉里拿出一个文件袋，示意女儿打开。李丽打开一看，一下子怔住了，原来袋子里面装的全是她前些年认认真真、工工整整贴好的各种报销凭证。

父亲语重心长地说：“小丽，你是家里的独生女，爸妈从小疼你，家里虽紧巴，可舍不得你受委屈。如今看到你有出息，爸很高兴，也希望你争气。有些话我得嘱咐嘱咐你，不然我不放心。我们都是天天跟钱打交道的人，一定要做到两手干净，心里清净啊。”

李丽调皮地噘嘴道：“我知道您这个袋子是放在床头柜的那些‘优秀工作者’奖状下面的。”

这下轮到父亲目瞪口呆了：“你什么时候看到的？”

“我参加工作那一年，您高兴得喝多了，我给您找解酒药时发现的。那时我就下定决心，要像您一样做一名严格遵守财务管理制度的‘先进工作者’。”

“那你这几天的发票……”父亲问。

“妈这些年身子不好，一直觉得自己是累赘，拖累了家里，我是为了让我妈安心玩嘛！”

父亲愣了愣，随即欣慰地说：“你这么懂事，我和你妈可就放心了！”

（原载于《红豆》2021年第3期，转载于《小说选刊》2021年第4期）

杀猪匠李婶

— 唐波清 —

李婶原本不是杀猪匠，她男人老张才是有名的杀猪匠。

以前，老张是一个人杀猪，后来有个亲戚拜他为师，老张便有了徒弟晓华。

那年腊月，村里人轮流杀年猪。老张的大嗓门惊住了晓华，"下一户，你主刀，我扯腿"。

这是晓华第一次主刀，直冒冷汗，一阵头晕。捆绑在条案上的大肥猪拼命挣扎，刺心地号叫。晓华的手不听使唤地颤抖，闭上眼睛，尖刀猛地插过去。猪没杀死。瞬间，大肥猪挣脱条案，满院子逃窜。老张拼命地追赶大肥猪，搏斗，老张被咬得遍体鳞伤。没过几个月，老张撒手人寰。有人说，老张的伤口感染，破伤风要了他的命。有人说，老张丢了面子，气大伤身，郁闷而亡。

不论何种原因，老张终究被猪害死。从此，寡妇李婶就恨上了猪，李婶与猪有杀夫之仇。李婶擦干眼泪，跪倒在老张的师父赵老头门口，说："师父，咱也要学杀猪。"

李婶天生一副好身板，个头高，浑身是劲。李婶跟着赵师父学杀猪，吃得苦，"霸得蛮"，手艺日渐精进。

李婶杀猪有架势。每到杀猪时，李婶的长辫子在脖子上绕两圈，如同武林侠客一般。李婶的一条腿跪压在猪身上，一只手死死地卡住"猪下巴"，用尽全力向后扳直，突显咽喉部位，另一只手握紧尖刀，顺向直捅，精准地扎到猪心脏。血随刀喷涌而出，殷红的血和盆里洁白的盐融在一起。李婶卡住猪下巴的手不断摇晃猪头，李婶的腿用力挤压猪的腹部，猪血很快流尽。

李婶杀猪有板眼。先是"挺"。李婶在猪的后蹄寸子割开小口，梃条从口子捅进。一竿子挺到猪耳根，梃条抽回一半，再挺猪背和猪腹。后是"吹"。对着小口子，李婶鼓起腮帮吹气，边吹边用木棒敲打猪身，滚胖，溜圆。再是"刮"。吹鼓的猪放进热水锅，翻转，烫透。李婶趁热扯猪鬃，刮猪毛。李婶的"刮刨"在猪身上灵活游走，光光溜溜。最后是"剖"。猪倒挂在木架上，从肛门处下刀，剖开猪腹，在直肠那里割下"白下水"，即大肠、小肠、肚儿；接着，剖开胸腔拿出"红下水"，即心、肝、肺。

青出于蓝而胜于蓝。几年下来，李婶杀猪的手艺，比师父还精湛。

李婶每杀一头猪，似乎就解了一次恨，就报了一次仇。

可时间久远之后，李婶总觉得身上有一股煞气。哪家小孩儿调皮捣蛋，村里人总会拿话吓唬小孩儿："李屠妇来了，看你听不听话？"村里人还说："人怕杀猪匠，鬼也会害怕，谁家的小孩儿若是被所谓的神怪的东西吓了魂魄，只要拜杀猪匠李婶为干妈，就能镇住那些不干净的东西。"因此，李婶的干儿子和干女儿就特别多，有十好几个。

猪杀得越来越多，李婶慢慢感觉心里有些不安，有一种说不出的恐惧。梦里听见猪临死前的吼叫声，李婶经常在半夜时分被惊醒。

前些日子，村长家刚产下猪仔的老母猪病倒了。兽医说没救，赶快宰杀。

村长老婆撅着大屁股，提着小礼品，央求李婶。村子里有个不成文的风俗，杀猪匠不杀病猪，不杀母猪。

村长的老婆软缠硬磨，李婶总不能打了村长的脸面。

村长家的晒谷场，老母猪被捆了四条腿，抬上条案。李婶抽出尖刀，心头莫名其妙地惊慌。老母猪的哀号，一声高，一声低，声声刺进李婶的心。李婶犹豫地握紧尖刀，老母猪的哀号声陡然加剧，似乎要刺破村里人的耳膜。哀号声很邪门，李婶居然不敢动刀。老母猪号叫时，肚子上的两排乳头跟着抽搐，李婶猛地感觉自己丰满的胸部一阵紧缩。老母猪的哀号声，引来猪圈里的十几只小猪仔。小猪仔围绕条案来回打转，"嗯嗯"地叫唤。李婶惊奇地发现，老母猪在流泪。李婶的尖刀悬在空中。猛然，十几只小猪仔掉过头来，一起撕咬李婶的裤管。李婶的尖刀掉在地上。

李婶对村长抱了抱拳，说："这猪，咱真是杀不了。"李婶解开四条腿上的绳索，放走了老母猪。

从此，李婶不再干杀猪匠的活儿。李婶放下杀猪刀，李婶开始吃斋念佛。

（原载于2021年3月7日《常德日报》）

"武陵杯"世界华语微型小说年度奖获奖作品集

2021

做蛋饼的王阿姨

— 蓝　月 —

西湾小区从外面看，和鹿城其他小区没啥区别，其实也确实没啥特别的，如果硬要说出特别来，那就是学区。

我是因为孩子念初中，才租住在这里的。

天蒙蒙亮的时候，西湾小区已经开始苏醒，一家家住户的窗子里亮起了灯光，主妇们开始为一家子的早餐忙碌。

我也不例外，电饭锅里面做上稀饭，就出门到小区门口的王阿姨蛋饼摊买蛋饼。

这个蛋饼摊是对门张好婆推荐给我的，推荐理由是：蛋饼味道好，新鲜。

"你要去早一点，不然要排队排很久的，还有啊，王阿姨只做一个早上，通常到八点半就卖完收摊回家了。"张阿姨特意关照。

我急匆匆赶到小区门口，果然看到了那个蛋饼摊。一把大洋伞下面，一位头戴白色工作帽，身穿白色工作服的大妈在忙碌，这位大妈就是张好婆说的王阿姨。

王阿姨微胖，眉目清秀，皮肤白净，身上干干净净，跟前的两口锅也是干干净净。她的蛋饼不像别人用现成的蛋饼皮子，而是当场用面糊做。

王阿姨一双手灵活地在两口锅盘上来回翻飞，摊面皮，根据顾客的要求磕蛋，有的要一个蛋，有的要两个，刷甜酱或辣酱。至于收钱、找零都是顾客自己动手，桌子上两个塑料篮筐，一个放纸币，一个放硬币。

我特意带了保鲜袋去，因为大多熟食摊贩为了节约成本，装食品用的都是普通塑料袋，不卫生也不安全。到了才知道我多虑了，王阿姨装蛋饼的就是保鲜袋。

王阿姨说来买她蛋饼的，基本上都是给孩子当早餐吃的，必须安全卫生，包括面糊和酱料，都是她大清早起来现做的。

这时候，一个穿黑色夹克的男人骑着电动车风风火火赶过来，把钱扔进塑料篮筐里，说："赶时间，先给做一个。"

王阿姨看了一眼夹克男，说："赶时间你就早点来，你急别人也急的，你先拿，对别人不公平。"

夹克男看了眼等候的队伍，皱了下眉头，说："这么多人等着，我真没时间等了，你帮个忙行不？"

王阿姨将做好的饼递给一位大妈，对黑夹克男说："对不起，这个忙，我没法帮。不好意思了。"

夹克男悻悻地拿回钱，一扭电动车走了，嘴里嘀咕："又不是你一家做蛋饼，牛气什么呀！"

王阿姨笑笑，没解释，继续忙手里的活儿。

我不由得赞："王阿姨很有原则性呀！"

边上一位大妈接口说："王阿姨人特好，她记性很好的，谁先来谁后到，她看一眼就记住了，谁也不能插队。我们大人小孩都喜欢吃她做的蛋饼。"

这天早上，王阿姨身边多了一个小伙子，站在边上看王阿姨做蛋饼，很认真的样子。

半月之后，王阿姨的蛋饼摊上换成了小伙子，小伙子也是白帽子，白色工作服，手法还挺娴熟。王阿姨在一边帮着收钱。

顾客们不开心，说喜欢吃王阿姨的蛋饼，换了人，味道会变掉的。

王阿姨笑眯眯地说："今天的蛋饼便宜，一块钱一个，大家吃吃看，要是味道变掉了，全额退款。"

既然王阿姨这样说了，顾客也不好说啥。有人当场试验，张嘴开吃。

"好像味道和老底子差不多。"

"阿是差不多咯？我手把手教的，连做饼带酱料。你们吃着觉着好，我就放心了，小伙子人聪明的。"王阿姨眯眯笑看着做饼的小伙子。

小伙子有点腼腆，说："各位叔叔阿姨，还请多多关照。"

有人打趣："王阿姨，你不怕教会了徒弟饿死师父吗？"

王阿姨说："不怕的，养老钱早就攒够了，还有国家给的一份退休工资呢！我一直想物色一个年轻人接手，可惜现在的年轻人都不肯吃苦。这个小伙子不错，不怕吃苦，人也实在，我把手艺教给他，放心。我呀，正式退休啦！"

"也是哈，你连家什一起交了，想不退休也不行了。"

大家都笑了起来。

后来一次遇到王阿姨，差点没认出来，还是王阿姨先叫的我。

王阿姨烫了头发，穿着时尚，看起来特有气质。

她告诉我，她参加了老年时装队，她说年轻时她就梦想当一名模特，可惜穿了大半辈子的白色工作服。

"现在，终于可以美一把了！"

王阿姨款款地走了几步，回眸一笑，很有范儿。

（原载于《微型小说选刊》2021年第12期）

秘　密

— 唐晓勇 —

老支书是个有秘密的人，十里八村没有不知道的。

老支书的秘密是个四四方方的红木盒子，红得发亮。里面藏着什么从来没有人见过。有次老伴收拾衣物，好奇地拿出来扒拉，正好被老支书看到了，一把夺过来说："乱动什么？！你别搞坏了。"老伴有些生气地说："你藏着什么宝贝？看你金贵得，难道是老祖宗给你留的传家宝？"老支书笑笑，淡淡地说："没什么，没什么。"小心地用袖口擦几下，又放回箱底。

让老支书老伴耿耿于怀的是，她知道老支书年轻时和邻村的一个女孩爱得死去活来。她担心红木盒里装的是女孩的情书或是女孩的头发什么的。黄土都埋脖子了，这还得了！村民们可不是这样想的，大家一致认为老支书的红木盒里是一件价值连城的宝物。大家伙这么说是有依据的。那年老支书和邻村女孩对象没谈成，一气之下离开了村子。后来听说长年在一个地方挖河，不料挖出了几座古墓，引起很大轰动。大家都知道当时是老支书第一个向领导报告此事的，第一个维护了现场，为此还受到了嘉奖。但是大家也都猜测，老支书是第一锹挖到古墓，第一眼看到文物的，顺手往口袋里装几个什么值钱的古董，这也说不准。

有一天老支书半夜里从外面回家，看到小偷怀揣红木盒从屋里溜出来，差点和他撞个满怀。他抄起一根木棍就追了上去，小偷撒腿就跑，半路亮出水果刀，老支书胳膊被刺伤也毫不畏惧，结果小偷乖乖丢下红木盒夺路而逃。这下更轰动了，都说拿命来追的不是宝物，你说还能是啥！

老支书两个儿子的想法和村民差不多。他们不认为母亲猜得对，情物、信物老爸还能几十年都那么细心地珍藏着？老爸的红木盒子里装的说不定就是当年从古墓里拿的古董，他是怕上缴政府还是怕我们哥俩分财不均闹矛盾？

日子像流水一样平平淡淡，老支书老伴的病一点先兆都没有就来了。这天老支书正和扶贫第一书记在田头聊天，得到消息急匆匆地把老伴送到医院。两天两夜，老伴从重症病房推出来时仿佛变了一个人，一下子苍老了许多，头发白了，身上插满了管子。老支书老泪纵横，转过身强作微笑开始了他的陪护生活。

老伴病恹恹的眼睛望着老支书，眼神迷离，好像有什么心事。老支书悉心地问了个遍，老伴总是摇头。老支书看着老伴的眼神，忽然想到什么，跑回家从箱底拿出那个神秘的红木盒子，当着老伴的面轻轻地打开，拿出一张褪色变黄却折叠得方正的纸。老支书小心翼翼地展开让老伴看：收到张建国同志党费叁角陆分钱。当年，老支书挖河时工作积极入了党，这是他缴纳第一笔党费的收据。老伴的眼中发出一丝亮光，惊讶地望着她熟悉又陌生的老支书，觉得眼前这个个子不高的老男人突然高大起来。

老支书喃喃地对老伴说："老伴呀，原本想让它跟我一起埋到坟里，正好今年是建党一百年，我入党也五十年了，等你出院了，我俩一起把它捐给村里的党史纪念室吧。"

（原载于《红豆》2021年第6期，转载于2021年6月25日《作家文摘》、《小说选刊》2021年第7期）

受　苦

— 徐　东 —

"武陵杯"世界华语微型小说年度奖获奖作品集

2021

那是个深秋，儿子和父亲天不亮起了床。

瘦瘦高高的父亲，驮着满满一驮筐昨天下午批发来的青菜，瘦瘦高高的儿子骑着空车跟在后面。天还灰黑着，看不太清楚路，路是坑坑洼洼的泥土路，车子在路面上颠来跳去。好不容易赶到集上时，儿子身上出了一身汗，父亲身上也出了一身汗。

集市上做生意的人已陆续赶来了，他们摸黑占下摆摊的地方。父亲也在他平时摆摊的地方停下了车子。儿子帮父亲从车子上抬下青菜，父亲又把青菜摆出来，整理好，然后靠在一面墙上休息。儿子无所适从，看向东方高出村庄的、灰蒙蒙的树林，盼着太阳早些出来。

那是儿子第一次留心观察太阳升起来，他想要从升起的太阳获得一些灵感，以便掏出随身携带的灰皮小本子，用钢笔写下一两行蹩脚的诗句。现实并不浪漫和诗意，汗水干了以后他感到冷，出门前胡乱吃的几口的食物消化了，肚子饿。他不好意思跟父亲要钱去买吃的，尽管那时集市上已经有热腾腾的包子出了笼。那段时间他因为痴迷于写诗，学习跟不上，没经过父母同意便退了学。母亲决定，让他跟着父亲去赶集。

太阳出来了，红彤彤的，集上的人越来越多。

父亲忙碌起来，他或站或蹲或弯着腰，用唱戏般的腔调，抑扬顿挫地招呼着路过的人，精神焕发的他双目放光，一张黑黑的脸上表情千变万化。买菜的人一拥而上，父亲手脚麻利地称菜找钱，没有一丝拖泥带水，专注认真得像战场上的战士。儿子和父亲站在一起，不仅帮不上什么忙，还有些碍事。尤其是遇到熟人时，别人问起他怎么没去上学啊，他会觉得特别不好意思。

儿子的心不在那儿，好不容易熬到下集，父亲收拾好东西，带着饿坏了的他去吃饭。父亲要了两碗丸子汤，几个白面馒头，爷俩蹲在地上喝一口汤，吃一口馒头，也不说话。父亲不知道给儿子说什么，儿子也不知道对父亲说什么。通常父亲为了节省几块钱，会回到家里去吃。吃过午饭休息一下，便到地里干活。如果不去地里，也会忙着家里的一些事，出粪，劈柴，挑水，家里也总是有忙不完的大事小事。那段时间，父亲下地，儿子也跟着下地。父亲掰玉米，儿子也掰玉米。父亲割豆子，儿子也割豆子。到了晚饭时间，他们一身疲惫地回到家里，饭食也很简单，红薯面汤，馒头咸菜。

儿子跟着父亲赶了几趟集，就感觉到了父亲的不容易。

以前儿子也曾看到过父亲起早贪黑地去赶集，尤其是在冬天，父亲那双粗大的手黑黑的，黑黑的手被冻伤了，手指上裂开一道道血口子，血口子结了痂，一用力又会开裂，又会流血。可那时辛辛苦苦赶个集，好的话也不过赚个十五六块钱，不好的话还有可能赔上一些。

那一年的秋天，儿子跟着父亲赶了二十多个集。每次都是儿子骑着空车，父亲驮着沉重的青菜。每一天他们都早早起床，顶着寒霜，摸着黑去赶集。上午父亲头顶着太阳忙个不停，卖光了菜，又要骑车到批菜的地方进菜，然后再骑回家里。

有一次儿子主动要骑父亲的车，他觉得自己可以。可当他用手把着车把时，车子却不听话地倒在了地上。父亲帮他扶正车子，让儿子用身体靠着车，向前走一走，车子走顺了再骑上去。儿子用身体靠着车，推着车向前走了一段路，身上却热出了汗，当他踩着车子试着骑上时，车子又不听话地摔倒在地上。父亲又帮儿子扶起来，让他放松，让他用心把人和车子合在一起。后来儿子照着父亲的话去做，成功地骑上了车子。儿子用力踩着车，可踩了没多久双腿就开始发紧发酸发麻，再也使不上力气了。虽然儿子很想帮父亲把菜驮回家，可他无法再坚持，只好骑着空车，跟在父亲后面。

回到家，吃过晚饭以后，儿子找到父亲和母亲，低头说自己错了，他决定再回到学校去念书。

母亲说："你早该受受苦，这样才知道该不该去用功学习。"

父亲看着儿子，点点头，黑黑的脸上有了笑。

（原载于《雪莲》2021年第4期）

"武陵杯"世界华语微型小说年度奖获奖作品集

2021

缘分的味道

—（日本）解英 —

与尹庆生相识，绝对是缘分。

元旦过后，我和陈飞开车去武清买布料，回京途中我突然头晕目眩，心跳过速，握方向盘的手颤抖不停，副座上的陈飞见状焦急，指着前面的灯光处说："马上到服务区了，挺住！"

我不知自己是怎样把车子开到服务区的，反正车子刚停下，我身子一歪，扑在方向盘上。

陈飞跳下车买了热巧克力，逼着我喝完，扶我到后座上躺平，说了几句话又跑走了。昏昏沉沉中，陈飞回来了，身边还站着一位高个小伙儿，她指着小伙儿眉飞色舞地道："他叫尹庆生，愿意帮我们开车。"

只听小伙儿说："叫我小尹吧，请阿姨放心，我一定把你们安全送到家。"

我使劲了揉双眼，服务区柔和的灯光下，小尹相貌端正，衣着整洁，笑容可亲，不像坏人，高悬的心稍稍落地。

躺在后座，我迷迷糊糊地听陈飞跟小尹聊天儿，知道他是80后，家住北京，自己经营的公司在天津，常在京津高速公路上跑，平时都是一脚油门踩到家，不进服务区的，今天同伴上厕所，结果遇到了我们。

陈飞大笑："缘分，缘分！"

小尹也笑了："确实是缘分。"随后他敛住笑容严肃劝道："两位阿姨，以后别开夜车了，很不安全的。"

陈飞敲着脑壳自骂："都怪我，拽着她来买布料，想自己缝制全世界独一无二的裙子，穿上美滋滋地去埃及。"

"哇！去久负盛名的文明古国，好羡慕噢。就你俩去？"

"不是的啦，我们大学的同班女生去，我讲给你听哈，只当开夜车解闷儿。"陈飞本就是演讲高手，便手舞足蹈地讲起来，"年前女同学聚会，聊到出国旅行，三言两语，定下了去埃及。因为那里有同学蹲点，我们去呢，既看望同学，又游尼罗河金字塔，一箭双雕。"行程敲定后，我们就开始筹划穿啥衣服、戴啥首饰出使埃及。"

小尹点头道："理解理解，爱美之心，天下女人都一样。"

"没错！"陈飞挑起大拇指给小尹啪啪点赞，唧唧呱呱继续说："其实埃及蹲点的同学早告诫过，风沙大、脏乱差、好鞋好衣穿不得。我们却装聋作哑，依旧我行我素，马不停蹄地为臭美东奔西走。"

她指了指后备厢，接着说："于是我俩当代表，今儿一大早就驱车直奔武清布料市场。小尹，我跟你讲呀，那里的布料既便宜又漂亮，小山般连绵起伏一眼望不到边，我俩像掉进米缸里的老鼠，蹦来蹿去精挑细拣，直到四只手实在拎不动了才罢休。"

我在他们的说笑声中酣然入睡，直到第二天太阳照到屁股才睁开眼，懵懵懂懂中手机响了，陈飞的声音闯了进来："你好些了吗？烧退了没有？"

我伸手摸脑门儿，不热呀。

"嗨，你在车上睡着后发烧了，我们几个七手八脚把你抬进家门，又给你喂了退烧药才撤。"

我有点儿蒙，问："不就你和小尹吗，咋成你们几个了？还有，小尹送我们后，他怎么回家，打车吗？"

"你真被烧糊涂了！"陈飞大叫，"不开车能上高速公路吗？小尹他们车里共四个人，都会开车，小尹车技最棒，送我们时他们的车一直默默跟在后面，以备不时之需。"

我隐约记起了，喉头一阵梗塞，说："辛苦他们了，得谢谢。"

"谢啦谢啦，昨晚一到家我就给小尹他们发了感谢信和红包。"小尹马上回信，我念给你听啊："我们做的就是一件小事儿，我想别人也会这样做的。请别再夸我们了，都觉得不好意思。红包也别发了，别让咱们的缘分变了味道！"

听到此，我腾地坐了起来说："快把小尹的微信号发给我，我要向他致谢。"

加上微信，我想了想，写下："谢谢你们，京津高速公路上的好人！"

回复很快，"不客气！生活中谁没个难事呢，阿姨们遇到麻烦时，我和同伴能尽一己之力帮助，感到很爽、很酷、很自豪！祝你们埃及旅行愉快"！

我顿感屏幕上的字模糊不清，细雨滴滴答答打湿双颊，扯过枕巾胡乱抹了一把，开始爬楼看女生群，群里满是温暖的问候，还有向小尹他们的致谢……我按捺住快要跳出喉咙的心，敲出："姐妹们，埃及见！"

然后起身泡了杯茉莉花茶，拥裹着温暖的阳光，嗅着阵阵茶香，细细品，品味缘分的味道。

（原载于《天池小小说》2021年第5期）

现　实

—（菲律宾）钱昆 —

　　1992 年万圣节前，我自厦门飞抵马尼拉，投靠了比我早来五年，寄居在远亲家里的表妹郭佳琳。

　　眼看万圣节要到了，表妹说："11 月 2 日是亡人节，犹如中国的清明节，但菲律宾人往往万圣节便前往墓地扫墓了，往年，我都提早去祭扫舅公的墓，今年，什么时候去由你决定了。"我脱口而出道："那就入乡随俗吧，万圣节去。""好的。"她很爽快地答应，但随后说，"因为从未与舅公的出生仔（中菲混血）女儿相遇，不知其状况如何，但从他的墓欠维修这点来看，也许她生活得并不尽人意。如果赶巧在墓地碰面了，得先看看她的衣饰，是有钱人的装扮，你便出面同她认亲；但如果是一副穷酸落魄相，则由我告诉她，我是她国内的亲戚委托来扫墓的，她在国内的亲戚，尚属草根阶层，生活贫困……让她死了攀亲的心。"

　　表妹佳琳随机应变的一番话，让我感到愕然，而后理解了她的良苦用心，也一下子把自己置于一个很现实的生活氛围里，并在内心里叹息道：生活和社会，已把她蜕变成一个十分现实的人了。正以理智大于感情的态度，来对待未曾谋面的、有可能遇见的姑姑。昔日，那个酷爱诗文书画、气质超凡脱俗的文青不存在了，但故乡人，故乡事，在她的眼里，是否也都成了过眼云烟呢？！想到这，我禁不住问她："你还记得老傅阿姨吗？""怎么不记得？她对我可好了，一有宰鸡杀鸭，就叫我到她家去吃得满嘴油腻。""对了，出国之前我碰到了她，抄了她的电话和地址。"表妹并没有像我想的那样迫不及待地要与傅阿姨取得联系，而是问道："现在她的情况怎样？"我一本正经地扯谎道："疾病缠身，又没有公费医疗，急需金援！"听到这儿，她倒抽了一口气后说道："我也是爱莫能助啊。"看她信以为真，才禁不住告诉她："我撒了一个善意的谎言。现在，没有谁比她生活得更好了，她的儿子太出息了，生意做得风生水起。""哦，真的吗？那圣诞节，我得给她寄一张贺卡了。"她的话，让我感慨万千。

隔日，我们一个提着祭品，一个背着冥纸和香烛，乘车朝着"华侨义山"的方向而去，车近义山才知，附近的车道，尽是熙熙攘攘的人群，于是下车，徒步前行。表妹说："'抗日英雄纪念碑'后的不远处，便是舅公的墓了，他的墓居于一排坟墓的中间。"

来到了墓道的出入口时，她止住了脚步说道："见鬼了，世界真是太小啊，怎么会是她？！"我凑近问道："怎么回事？"只见她噘噘嘴巴，又扬扬眉毛说："前面那个穿金戴银，着黑裤白衣的颜女士，也许就是你的姑妈。她可是唐人街附近'敬贤楼'的楼主，妥妥的一个坐吃祖业的富家女，我曾到她家给孩子督过课。'敬贤楼'的第八层楼是他们一家独住，一至七层约五六十套全部出租。曾听她怒不可遏地阻止女儿接一个平民男友的电话。怎么样，你去与她认亲吧？"我的回答很干脆："还是按照不认亲的台词同她讲吧，要是知道国内的亲戚穷得叮当响了，还有意相认，才显出亲情；如果爱理不理，那就免了吧！"

表妹于是趋前，先同颜女士打了招呼，才煞有介事地说了编好的台词……她面对面地听着表妹绘声绘色的讲述，始终毫无表情，一言不发，让人感觉在对牛弹琴。很显然，她毫无认亲的意思。我看了祖父的坟墓一眼，禁不住说了句："墓身有龟裂，为什么不修补一下呢？"听到这话，她倒是很响亮地应道："这些年来，运势蛮不错的，还是不动得好！"

哦，原来她耳聪目明得很！只是不想同穷亲戚联络而已——置若罔闻，一脸漠然，是拒人于门外的一步妙着。我们自讨没趣地站在一旁，望着他们一行远去的背影后，我心有戚戚焉，现实、势利、薄情寡义的字眼，随即在我的脑海里精彩着，跳跃着，也仿佛在预示着未来的路将充满着"现实"两字。

（原载于 2021 年 9 月 16 日菲律宾《商报》）

优秀奖

心中有只神秘的小鹿

— 应 飞 —

一

下课了，教室里沸腾起来。初三男生杨杨抑扬顿挫地来一句：我爱你，你和我。他像是故意挠大家心中的痒痒，哄笑中，杨杨无意间与女生晨晨的目光相遇，燃起了火苗。这下，杨杨像是被石化了。晨晨羞怯地移开了目光。两人都心跳得厉害，像有只奔跑的小鹿闯了进来。从此后，杨杨和晨晨仿佛心有灵犀。每天晚上放学后，晨晨就拿出作业写，杨杨看书或整理书本，都迟一会儿走，都不说话，但觉得彼此心中有你有我。其实，也就待一会儿，但他们觉得这一会儿的时间，开花开太阳。平时，杨杨总寻机会从晨晨身边过一下。一点一滴积累起来悠悠的温情，彼此感到莫名的沁甜。这对青春期的少男少女从课堂上的"男观女、女观男"，已逐步走进对方心中，渴望接近，开始接受与悦纳对方。

一天中午放学，杨杨手里拿着一张纸条，趁同学不注意时，悄悄塞给了晨晨。纸条像块火炭不能再放在手里了，她躲起来展开看。纸条上这样写：喜欢你纯纯的样子微微的笑。晨晨手捂胸口开心地笑了。她好激动，要飞起来了。杨杨是住校生。杨杨的变化很大，他比以前爱干净，爱吹哨，爱打理头发。

好似一场初春小雨温润着他们，而渴望接近对方的心，犹如雨后原野更加春意盎然。

这不，晨晨为了多一些接近杨杨的机会，她向爸妈提出住宿的请求，说是为了更好地学习。爸妈同意了。晨晨来了，欢迎呀。杨杨神采飞扬。几乎每次晨晨从宿舍出来，杨杨都会在宿舍门外的操场等她，一路去教室，一路去散步。杨杨抢着给晨晨提水瓶。他们的接近很快由"地下"转为"地上"了。他们常常在一起谈笑风生。多么美好！

二

杨杨他们这个宿舍总是有一股脚臭味，很乱。听说晨晨她们要到男生的宿舍做客，这对男生是一个非常大的触动。这是杨杨的日记：听说晨晨和很多女生要来我们男生宿舍做客，我特别将地板拖了又拖。晨晨你见着了吧，我的宿舍整齐干净，我还洒了花露水。评比得了优！你会想到我的功劳吗？我不会在你面前丢脸的。只要你给我一个笑脸，就是对我的肯定。我将自己心灵深处的事儿告诉你，是你改变了我。我以前对生活一点信心也没有，很自卑，看不起自己，不爱整洁。现在我很自信。生活老师还评我为宿舍文明标兵。我要努力学习，迎接每一个美好的早晨。

中考临近了。杨杨和晨晨还好着，大大方方的，学习上你追我赶。少男少女的交往，常常维持了几个月，便如蒲公英的小绒毛随风飘散，不了了之。而他们仍然相互鼓励、加油，都考上了本市的重点中学。巧的是，又分在同一个班级。两人很开心，且有了一个新目标：一起考上大学。

三

杨杨埋头钻研物理，自己挤时间复习以前学过的知识，很扎实，很勤奋。他的物理成绩很快跃到了班上第二名。杨杨想：晨晨，努力啊，让我们一起走进大学校门。晨晨为他的进步惊讶。晨晨当然不甘落后，她要把美术特长突显出来。她很投入，她的画技每天都有新突破。

他们从进高开始就养成了跑步的习惯。为锻炼身体奔跑，为明天奔跑，为快乐奔跑。跑步的时候，交流各自每天取得的一点一滴的成绩，彼此欣赏、肯定。

高考在即，他们如竞赛般学习功课。即使隔着老远，他们都会高高举起手臂，隔空击掌加油。如愿，他们榜上有名，考取了大学。晨晨被南艺录取，杨杨去了西安一所大学。他们一起庆贺。高兴啊欢呼啊，唱起来跳起来。杨杨情不自禁地一把将晨晨抱了起来，旋转起来，如雄鹰飞翔。上大学了，他们分开了，然而，这花季之谜，犹如彩虹，在心空升起。

（原载于《今古传奇》2021年第6期）

阿嬷，生日快乐

—（中国台湾）辛金顺 —

"阿嬷，生日快乐！"

她将昨晚买好放在冰箱里的千层蛋糕拿出来，放在桌面上，并将蛋糕上那一层厚厚的奶油刮薄，她知道阿嬷不喜欢奶油，但千层蛋糕没有奶油又很奇怪。然后她将准备好的一支又一支小蜡烛插在蛋糕上，八根蜡烛，象征着阿嬷已经八十岁了。

点燃蜡烛后，刚好壁钟敲响了八下。

她看到阿嬷坐在餐桌前，静静看她忙着摆弄蛋糕的模样，于是对阿嬷笑了笑："阿嬷，等下就可以吹蜡烛，吃蛋糕了喔。"

阿嬷也对她笑了笑。

她想起她是阿嬷从小养大的，父母早就在她童年时因一场车祸走了，只有阿嬷一直陪着她，看她一路成长、奋斗、挫折、挣扎，以及失恋等如意或不如意的际遇。在这过程中，她有很多心事都藏在心里，不想跟任何人倾诉，包括阿嬷。

然而阿嬷像是很理解她，就只默默地守护着她，很少要她说出什么，只在有需要时，才伸出手来，轻轻拉她一把，让不小心掉入生活泥潭中时，能适时地被拉上岸。

阿嬷常常说："做好自己就好！"

做好自己，才能让别人也一起过得好。阿嬷没把话说全，但她了解阿嬷的意思。

她生下来就注定是阿嬷的孙女，唯一的孙女。

她看着阿嬷，穿着海蓝色的唐装，丝绸般柔软的棉布，熨帖地衬出了她秀雅的气质，乍看不像是一个八十岁老人，若少了额上爆开来的深深皱纹，以及眼角细细的鱼尾纹，就算靠得再近，端详起来，最多也只是个六十来岁的老太太。而那些年在中学教书的持泰岁月，为阿嬷养出了一分端庄慈爱的面相，那是街头算命佬常常说的"福贵相，长寿相"啊。

算命佬曾经铁口直断，如果阿嬷没活过百岁，他的头可以砍下来当着凳子给阿嬷坐。阿嬷听后只微微一笑，知道算命佬是寻她开心的。后来阿嬷转述时，也禁不住忍着笑，骂了算命佬一声"奸诈"。

其实她也不知道阿嬷年轻时的经历。阿嬷也不说。她们低低的只生活在同一个屋檐底下，却常常困守着各自的世界，很少探头彼此对望，也几乎不曾走入彼此更深的内心里头去，挖掘出彼此隐藏起来的秘密。而时光流水，覆而难收，她知道所有过去都是阿嬷的人生，因此习性不想挖掘别人隐私的她，也就更懒得去探听阿嬷那些已经流走了的故事。毕竟那是阿嬷的故事，阿嬷不说，她也不问。

而从小抚育她长大的阿嬷，当然知道她所有的曾经，那些生活里的曲折和起落，都经不起阿嬷火眼金睛一瞥间的了然于胸。但自从她过了十五岁后，阿嬷就常常将许多了然的事放在心里，不动任何声色，只是默然守护着。

其实她懂，懂得阿嬷的心理。

阿嬷是想让她在自由自主的氛围之中长大，即使面对各种成长中的挫难，也必须学习努力去自我承担，把自己训练得更加坚强，以面对未来人生路上，无亲无故无人扶持的单独行走。是啊，毕竟……

毕竟，阿嬷老了，不能陪她到永远。

想到这里，她突然感到有点感伤。抬头看阿嬷，阿嬷还是维持着很有气质的微笑，静静地看着她，仿佛在说"不要怕，你行的"。

她点了点头，看着姿态依旧没有变化而微笑的阿嬷，嘟着嘴，将深深吸进腔内的一口气，用力吹了出去，将那点燃的八根蜡烛一齐吹灭，然后再次对着阿嬷说：

"阿嬷，生日快乐。永远，永远快乐。"

阿嬷依旧静静的，不说什么。

（原载于《香港文学》总第440期）

草

— 刘国芳 —

"武陵杯"世界华语微型小说年度奖获奖作品集 2021

　　村里有个老人，从我记事起，他就是一个人。几乎每天，老人都悄悄地从我身边走过，然后去地里做事，老人地里栽了玉米，还栽了甘蔗，栽了红薯，栽了南瓜冬瓜和茄子辣椒。一次我到地里去看老人，看见老人挖出一个大红薯，老人看着红薯满脸高兴，问我："这红薯大吗？"

　　我说："大！"

　　老人说："最少有三斤。"

　　我说："我就没见过这么大的红薯！"

　　老人笑起来。

　　还有一次，我又去地里看老人，看见老人冬瓜棚上有一个特别大的冬瓜，老人又是满脸高兴，老人说："这冬瓜大吗？"

　　我又说："大！"

　　老人说："有一百多斤。"

我说："我就没见过这么大的冬瓜！"

老人又笑。

也看到老人不高兴的时候，一天我去地里，看见老人坐在地里发呆，我问老人："爷爷，怎么在这里发呆呀？"

老人指了指地里，跟我说："今年的薯白栽了？"

我说："为什么？"

老人说："都被野猪拱了。"

我说："这野猪真害人！"

老人叹一声。

又有一次，也看见老人在地里发呆，我问老人："爷爷，怎么在这里发呆呀？"

老人指了指地里，跟我说："被人拔了好多甘蔗？"

我说："谁拔的？"

老人说："不知道。"

我说："这个人太坏了！"

老人又叹。

老人并不是天天在地里，有时候老人会坐在门口，半天一动不动。

我走过去，我问老人："爷爷，坐在这儿做什么呢？"

老人说："晒太阳。"

我问："爷爷不去地里做事吗？"

老人说："冬天了，地里没事做。"

我点点头。

有一天没看到老人。

我去找老人，去地里找，但没看到他，也去老人家门口找，同样没看到他。于是，我问村里一个人，我说："李阿公（村里好多人都叫老人李阿公）呢，怎么没看到他？"

回答："不知道。"

我说："李阿公到哪里去了呢？"

回答："谁知道呢。"

我又问村里另一个人，我说："李阿公呢，怎么没看到他？"

回答："不知道。"

我仍说："李阿公到哪里去了呢？"

回答："谁知道呢。"

我后来去了李阿公家里，才看到李阿公躺在床上，我说："爷爷，你怎么没出来呀？"

老人说："我生病了。"

我说："你要去医院看呀。"

老人说："不要紧，过两天就会好。"

但过两天老人没好，不久，老人过世了。

我再见不到老人了。

后来的好多好多年，我忘记老人了，真的，彻底把他忘了。

这天，我看到有人在朋友圈发了这样一首诗：

路边的一棵草

它默默地生长

又默默地枯黄

正如它悄悄地来

又悄悄地走

它也有快乐，会在风中欢笑
它也有忧伤，会在雨中哭泣
只是，它的快乐与忧伤都没人知道
也没人在意
……

忽然，我想到了老人。

（原载于《安徽文学》2021年第3期）

天堂的路我不想走

— 王永寿 —

　　四爷早晨起来，走在村街上，一脸愁闷，那张核桃纹的脸耷拉得怪吓人的。一贯乐天派的四爷，大清早的，生哪门子气？

　　四爷手持长烟枪，步子缓慢，踱到村口的凉亭停下，目光像一只蜻蜓从这个花坛飞到那一个花坛，然后落在凉亭上，轻"啧"了一声，他登上凉亭坐下，点燃长烟枪，腮帮子一收缩，听到"嗞"的一声，嘴里冲出一股青烟，青烟随即跟着秋风长途跋涉去了。四爷又深吸一口，不过这口烟没有放出，看他的样子，在思忖着啥，忘记了嘴里的烟，腮帮子鼓着，四爷混浊的目光，移向亭外的枫树，枫叶红似火苗，叶子一窝蜂儿地往地上跳，把水泥路点缀得似火苗在跳跃。深秋，树叶离开了家，离开了天空。四爷看得出神，自言自语起来："它们离开了树，那不就死了么？"一个"死"字，四爷眉头的皱纹更紧密地挤在了一起，面相格外吓人。

四爷慢慢把嘴里的烟，一点点地放出，怕它们结伴去破坏环境。最后一缕烟走出黑洞，嘴没合上，可能脑子还在琢磨着啥事，没顾及嘴，那个大黑洞，使脸蛋儿扭曲得不像人脸，像狮子大开口。

秋风带着枫叶沙沙地卷过来，一片枫叶撞到四爷的脸上，四爷才回过神来，收回目光，合上了嘴，叹着气从凉亭慢悠悠下来，下到最后一级台阶，三拐叔一拐一拐过来。

四爷瞅了一眼三拐叔，说："三拐，大清早的，咧着嘴乐个啥？"

三拐叔说："咋能不乐呢？！您看看，新农村建设的推进，把乡村点缀得美如画，一排排的小洋楼，一处处养眼的公共设施——小桥流水、楼台亭阁、健身器材、花木苗圃，即使已是深秋了，到处仍花团锦簇，以前的土路没了，脏乱差的环境不见了，咱过着不愁吃不愁穿的好日子，能不乐？"

两人在靠背长椅上坐下，四爷的脸，仍一副错愕至极的神情。

三拐叔瞄了一眼四爷，打了个寒战。

三拐叔思忖，这老头儿儿女都事业有成，夫妻康健，还有啥子烦的事？他想到这儿，扭头压低声音问："四爷，大清早的，谁惹您老了？"

四爷连连长叹几声，不紧不慢地说："没人惹我，也没人敢惹我，昨晚做了个恼人的梦，让老子烦着呢。"

三拐叔好奇地问："啥梦呀？让您老这么窝火。"

四爷说："梦里我到了天堂，在天堂里转了一圈，可天堂到处荒凉，没一点生气，天堂的路，到处坑坑洼洼，我怎么也迈不过去，路边臭气熏天，苍蝇大合唱，所见之人，衣衫褴褛，骨瘦如柴，我被那些人拽着要钱，硬是吓醒了。天堂哪，不像电视里演的那么美丽。"

三拐叔扑哧笑出声来，说："四爷，咱住在秀美乡村，该乐，要好好享受生活，提高生活质量，要感恩党，谢谢伟大的祖国。"

四爷又叹一口气，说："梦里一个天兵对我说：'你不是康行德吗？正找你呢？明年三月，招你进天堂。'那不是我明年三月要归天了？"

三拐叔说："四爷，梦是假的，那梦中捡钱，真捡到钱啦？别信以为真。"

四爷说："三拐呀，我真不想离开这美如画的乡村，想多活几年，这一尘不染的水泥路，我还没走够。农村，以前真是厌过，现在有哪个能不爱？天堂的路我真不想走……"

三拐叔说："四爷，别瞎想，一个梦，把你折腾成这个样？咱开开心心，方能长寿，您才七十六岁，活到九十六岁、一百零六岁。也不是没有可能，何苦因为一个梦而闷坏身子，走走走，咱去老年活动中心听听说书，再到小广场看看老娘们扭秧歌。"

秋风送来了"我们的家乡在希望的田野上……"的歌声。

两个老头儿一边走，一边对身边美醉的乡村赞不绝口，四爷走着走着，脸上的阴云化开了，笑声随着秋风飘了开来。

（原载于《北方文化》2021年第3期）

"武陵杯"
世界华语微型小说年度奖获奖作品集
2021

卷　发

— 伍月凤 —

小王学理发时不到二十岁。

小王是下乡知青，此前，他从未干过农活。一次劳动中，一块滚落的大石头砸断他好几根脚趾。伤好后，队长把他带到村里唯一的剃头匠刘师傅家里，拜师学艺，为村里人理发挣工分。

小王聪明，学得认真，三五个月就青出于蓝胜于蓝。于是，和师父各分几个村为人民服务。

一把剃刀、一把剪刀、一件剃头围脖，小王开了张。他嘴巴甜，能说会道，喜欢创新，剪刀"咔嚓咔嚓"在乡亲们头上舞得眼花缭乱。让他理完发，乡亲们心里和头上都舒坦。

于是，乡里其他村的人也明里暗里来找小王理发。小王年轻，手脚麻利，干活儿快，来者不拒。那些人过意不去，便常常塞几个鸡蛋、几条小鱼当作理发费。

小王的伙食得到改善，人健壮起来，帅气起来，围着他转的年轻姑娘也多起来。

"教会徒弟，饿死师父。"刘师傅服务的人少，生产队给的工分就少了。刘师傅老脸挂不住，又不好明说，只敢在家里叹气。

刘师傅的闺女小凤看在眼里气在心里，不知从哪里找来一张照片，往小王手里一塞，把胸前又粗又黑的大麻花辫一甩，恶狠狠地说："你给我做这个发型，做不出，哪儿凉快哪儿待着去。"

小王看一眼照片，照片中的女人穿着旗袍，刘海卷成好看的弧度，卷发在肩上堆成大波浪。小王看一眼小凤的蓝布褂子，说："你的麻花辫挺好看。"

小凤白他一眼，呛道："不会做就直说！"

"这发型不适合你，这是小媳妇才做的发型。"小王只好实话实说。

"你！"十八岁的小凤瞬间脸红了，一跺脚，又丢下一个白眼，走了。

小王的目光被小凤背后晃荡的麻花辫牵出老远，好久也收不回来。

小王一直没有回城。农村包产到户后，小王在村部路口拾掇出一间房，开了一个理发店。

开店第一天，小王就把刘师傅接来，说自己一个人忙不过来。

其实，刘师傅每天只给两三个老人、小孩剃个光头，其他的事，都是小王做。月底，小王给刘师傅结八块钱工钱，快赶上村小学老师工资了。

小王回了几趟城，店里的理发家什丰富起来，大波浪也开始在乡村小媳妇们的头上荡漾成一道美丽的风景。

　　小凤每天来给父亲送饭，慢慢地，也给小王带一份，趁他们吃饭的时候，收拾理发店的卫生。这天，小王正给一个小媳妇做卷发，又来一个人急着剪头发。

　　"小凤，帮个忙。"小王看向小凤，眼里写满求助。

　　"我？我不会。"小凤摆手拒绝。

　　"卷发简单，我教你。"小王不容小凤拒绝，拿起一个卷发圈，将一缕头发缠绕上去，然后用一根橡皮筋固定，再挤几滴药水。

　　小凤站在旁边，看小王示范几个，似乎也不难。小凤上手一试，竟也像模像样。从此，小王又多了个帮手。

　　半年后，小凤给一个小媳妇做完卷发，对小王说："我也想做卷发。"

　　小王说："小媳妇才做卷发。"话没说完，小凤"咔嚓"一声，剪掉了胸前长长的麻花辫。

　　小王抓起麻花辫，直说可惜。小凤看着他，扑哧一声笑了，说："傻瓜！"

　　小王回过神，傻乐了半天，忙动手帮小凤卷发。

　　结婚那天，小凤一头大波浪卷发，胸前一朵大红花衬得鹅蛋脸娇艳如花。站在她身边的小王，脸上也荡漾成一朵花。

　　村里其他做了卷发的小媳妇都不满了，说小王太偏心。小凤的卷发是十里八乡最好看的。

　　小王低头憨笑，并不争辩，脑海里浮现出第一次见小凤时，小凤那乌黑亮丽的麻花辫。

（原载于《小说月刊》2021年第10期）

捉 鸟

— 相裕亭 —

有一只鸟，老是围着胡贵家茅屋转。

胡贵，看守盐田的。白茫茫的盐碱滩上，就他一间小茅屋戳在旷野里。每天，胡贵一推柴门，那只鸟儿就会从他小屋周围的某一个地方，"腾"的一下惊飞起来。但它飞不远，飞到茅屋对面的一处土坎上就落下了。

胡贵很讨厌那只鸟儿，它在石墩上、柴门上，甚至是灶台边，到处屙些白乎乎的稀屎。

胡贵想下个套儿逮住它。

胡贵甚至把葱、姜、蒜的配料都想好了，等把那鸟儿捉到手以后，将它大块剁掉，炖上一个时辰，一准就是一锅美味呢。

可真到了要去捉拿它的时候，胡贵又改变主意了。他发现那只鸟儿太老了，羽毛的梢子都变黄了，浑身上下，杀不出四两肉，没有什么吃头。

　　胡贵认出来，那是一只海鹰，盐区人称打鱼郎。言外之意，那种鸟儿，专吃沟湾河汊里的小鱼小虾。它有着一双鹰一样寻觅鱼虾的眼睛，它能在高空盘旋时，瞬间收缩翅膀，如同空中坠物一般，一头扎进河塘的深水中，去捉拿水塘里的鱼虾。

　　可眼前这只打鱼郎，它似乎失去了"空中急坠"的威风。它老了，无力捕捉活鱼蹦虾。它依赖起胡贵每天泼洒在茅屋周边的残羹剩饭。它选在胡贵外出赶集，或午间休息时，飞至他茅屋周边，很是绅士的样子，迈着优雅的步子，寻觅胡贵扔掉的鱼头、虾尾果腹。

　　刚开始，胡贵看它到处屙稀屎很是恼火，总想灭了它。可自打他察觉那只打鱼郎驱之不去，或者说那只打鱼郎在茫茫的旷野里偏要选他为伴，胡贵反而爱惜起那只打鱼郎。每天，胡贵吃饭时，有意无意间，他会留点碗根给它；烧鱼、炖虾时，丢弃几条小鱼小虾在门前的水塘边，专等那只打鱼郎来吃。

　　胡贵每天都在周边的沟塘里捉鱼。

　　说不准是哪一天，胡贵扛起扒网子要去捉鱼时，那只打鱼郎好像猜到胡贵的心思，它从那边土坎上"腾"地飞起来，飞到胡贵的前头。等胡贵在前头的汪塘里捉鱼时，它却早他一步，飞到旁边一处高坎上静候去了。

　　回头，等胡贵捉到鱼虾后，拣些大个的鱼带回去炖着吃，较小的鱼秧子，就扔在坡上，留给那只打鱼郎。

　　之后，只要胡贵去捉鱼，那只打鱼郎就在前头引路。它甚至能引领着胡贵找到鱼虾较多的水塘。这让胡贵兴奋得不行，以至于后来胡贵要去捉鱼时，总要敲击两下鱼篓儿，告诉那只打鱼郎"走呀，咱们打鱼去！"

那样的时刻，那只打鱼郎往往会引领着胡贵，从一处水塘，飞到另一处水塘。

胡贵知道，凡是打鱼郎盘旋的河湾水塘，就一定有丰盛的鱼虾。当胡贵捉到很多鱼虾的时候，他会"奖赏"一些亮晶晶的跳鱼、蹦虾给那只打鱼郎。

可时间一久，那只打鱼郎的嘴巴吃刁了，对于胡贵留给它的跳鱼、蹦虾，它只挑柔软可口的蹦虾为食，剩下好多白条条小鱼，它已懒得上口，给胡贵"亮"在河滩上。

胡贵心里骂："这贼鸟，嘴巴越来越刁了！"

可不管怎么说，那只打鱼郎能引领着胡贵捉鱼，这对于胡贵来说，实属难得，也有趣儿。

可这天清晨，胡贵推开柴门，没有见到那只打鱼郎。当下便产生一种不祥地预感。他先是围着小屋转了一圈，随后又绕过水塘，去那边高坎上寻找。草丛中、水沟边都找遍了，始终没有找到那只打鱼郎的踪影。可就在胡贵失望而归的时候，忽然发现他家茅屋顶上有一团白色的物体。

胡贵知道，那就是那只打鱼郎。

当时，胡贵还想，那打鱼郎知道黏人了，总算和他混熟，可以当家猫、小狗一样相伴在他身边了。

但胡贵没有想到，当他走到茅屋跟前时，发觉那只打鱼郎没有任何反应了——它死了。

胡贵略惊一下！待他把那只打鱼郎托在手中时，感觉它很轻，轻到只剩下羽毛和一把骨头了，再捏捏它的嗉子，里

"武陵杯"世界华语微型小说年度奖获奖作品集

2021

面是空的。

胡贵想，每天都留给它好些鱼虾呀，它怎么还饿死了呢？

转而再想，它老了，消化功能可能不好了，先是吃不动小鱼，后来可能连柔软的小虾也难以下咽。

那一刻，胡贵不由地轻叹一声："唉——"

（原载于《广西文学》2021年第10期）

一束干花

—（加拿大）原志 —

"武陵杯" 世界华语微型小说年度奖获奖作品集 2021

她一踏进家门就发现旋转楼梯边上那只花瓶孤零零地站着，花瓶上插的那束衬着满天星的黄玫瑰不见了踪影。

"我的花呢？"

"被我扔到树叶袋了。"足足过了十秒钟，书房里才传来一声漫不经心的回应。

她气急败坏地大叫："谁让你扔的？！"

"不早就干了吗？明天早晨垃圾车来收树枝树叶，再不扔又得再等两个星期。"他趿拉着拖鞋走出书房耐烦地说，"本来两星期前就该扔了。"

"本来我就没打算扔！花是我的又不是你的。"她实在气愤极了，"该干的你不干，不该干的你偏偏要干，你到底安的什么心？"

"不就一束干花嘛，至于吗？"

怎么不至于？一来那束黄玫瑰是大女儿带着弟弟买来送

给她的母亲节礼物，小儿子有一回说漏嘴，说那束花是五十块钱买的，想到他周末在超市打工每小时才挣十一块五，她就心疼不已，这束花代表了儿女的一片心意；二来她发现黄玫瑰干了以后颜色变深，比红玫瑰更适合做干花，尤其是衬着白色的满天星，看起来特别高雅有品位。

谁知道这个毫无艺术修养，没一丝浪漫情趣，更不懂感情的男人，竟然就这样把花扔掉了。他不仅扔掉了美，也扔掉了爱，还说"至于吗"，真是可恶！

她越想越气，顺手把手袋往地毯上一扔，返身摔上门。

顺着台阶一级一级往下走的同时，往日种种不满也一件一件地涌上心头：情人节从来没送过花；她的生日经常忘记；偶尔拉他一块儿散个步，她多么希望他能主动拉着她的手肩并肩地走，可他总是保持比她快半个身子的距离；他看到隔壁洋邻居露西在结婚纪念日那天请她帮忙照看宠物狗，夫妻俩去酒店吃烛光晚餐，居然嘲笑人家就会整些虚头巴脑的玩意儿，害得她只能把那点念想硬生生地埋在心底。

她承认自己是一个有着所谓小资情调的女人。孩子小的时候负担重压力大，不得不压抑很多精神上的追求，好不容易熬到孩子离家上大学，重新回到二人世界，她却发现两个人之间的话越来越少，她所渴望的那种情调不仅变调，实际上已经没有调了。他每天下班后除了割割草，整整汽车，就是在沙发上葛优躺玩手机或赖在书房看电脑。她偶尔下班路上顺便逛个商店回家晚了，他都不知道做个饭，等待她的依旧是空锅冷灶。就这样一天又一天，日子过成了一杯白开水。

她有时会忍不住跟姑妈抱怨一下。姑妈是她在加拿大的唯一娘家亲人，正在为女婿出轨女儿闹离婚烦恼不已，所以每次都向着他，"人家既不抽烟也不喝酒更不养小三，够好啦，你还想咋样？"

她不能对姑妈说，如果他抽烟喝酒养小三，她早就知道该咋办了。

她也不能跟姑妈说，人一辈子这么长，总不能事事将就，没有精神层面的共鸣、灵魂深处的互动，跟动物群居有什么区别？姑妈不会理解这些的。

她漫无目的地走着，在拐角处遇到正在街边遛狗的露西。

露西关切地问："亲爱的，你的脸色不太好，没事吧你？"

她答非所问："你今天怎么一个人出来？"

"他正在给屋子的管道吸尘，喷洒空气清新剂。我不希望我的耳膜被那可怕的噪音刺破，就一个人先出来遛狗，过一会儿他做完后会来找我。"

她真诚地赞美道："你俩真好，完美的一对！"

"完美？"露西意味深长地看了她一眼，说："亲爱的，世界上哪有什么完美的人和事。如果我告诉你，我跟他结婚三十年，至少有过三十次想跟他离婚、十次想杀了他的念头，你不会太惊讶吧？"

"什么？"

"也许我说得有点夸张，别吓坏了。"露西看她听得呆住了，又哈哈笑了起来，说："不过，我相信好女人是一所学校这个说法，男人需要培训。当然，女人也一样。"

她们俩正聊着天，露西眼睛突然朝她身后看过去，并且"嗨"了一声，然后冲她做了个鬼脸："你的学生来了，好好经营你的学校。晚安！"

原来他不知道什么时候来到街角。

他一边扬起手跟露西打招呼，一边讪讪地问："不早了，晚饭做什么？"

一看他那像极了刚犯错的小学生的表情，她的气忽然就消了。

（原载于《天池小小说》2021年第21期）

送外卖的猫

— 戴玉祥 —

接到给1号鼠送外卖的任务后，猫简直是欢欣鼓舞了。走在路上，猫的心情无比愉悦。上次追1号鼠，眼看快追上了，可那1号鼠，突然钻进一个洞里。洞口小，猫钻不进去，只好守在洞口等。令猫气愤的，是那1号鼠，不时地探出头来，扮鬼脸，挑衅。猫这样想着时，牙齿就咬得嘎嘣响。这次，猫下定决心，等1号鼠出洞接外卖时，毫不犹豫地干掉它。猫这样一想，心情就愉悦了。猫哼起了小曲。

猫正哼着，忽有哭喊声传过来。猫寻声望去，见是2号鼠，躺在路边哭喊。猫窃喜，心想，先垫垫肚子再说。猫向它走过去。2号鼠在地上滚，疼得眼珠都快掉出来了。猫可怜起它来。2号鼠好像也读懂了猫的心思，忍着疼，哭求，说猫你能不能先不要吃我，等我将肚子里的崽生出来后，随便你。猫本来是打算吃掉它的，经它这么一说，心软了。肚子里的崽是无辜的。猫这样思索后，决定送它去医院。

"武陵杯"世界华语微型小说年度奖获奖作品集

2021

2号鼠顺利产下八只小鼠。

见2号鼠没事了，猫决定离开。猫告诉它，说看在要抚养这些小鼠的份上，就不吃你了。说完，猫转身要走。2号鼠大喊，说这些小鼠都是你的，你这个做父亲的，在这样的时候，怎么可以离开呢？猫站住，说2号鼠，胡说什么呢？！你是鼠，我是猫，怎么可能？！2号鼠大喊大叫，说都给评评理，猫敢做不敢当，这种猫，还配做猫吗？！刚给2号鼠接生的狗医生，还有兔子护士等，也都开始帮它说话了。猫急了，说你们这些做医生护士的，怎么也跟着起哄，我是猫，它是鼠，我们怎么可能？！狗说，世界那么大，万事皆有可能。猫无语了。猫觉得再这样打嘴仗，毫无意义。猫说："做DNA，给我做DNA鉴定。"

DNA结果很快就出来了：猫无生育能力。

猫冲2号鼠瞪瞪眼，说现在科学这么发达，还想诬赖我！说完，猫哼着小曲离开了。

路上，猫接到外卖公司的电话，猫被1号鼠投诉了，问猫外卖到底送哪儿去了，这都快一天了，怎么还没有送到。末了说，猫你就不用来公司上班了。猫明白，这是被公司炒鱿鱼了。猫没心情哼小曲了。猫闷闷不乐地回了家。

一双儿女见猫回来了，蹦跳着迎上来。

猫突然想起那DNA的结果来，难道……

猫推开迎上来的一双儿女，独自进里屋躺到床上。一双儿女被猫推开后，愣在那，心想：爸爸这是怎么了？

母猫做了一条鱼，让孩子去喊猫起来吃。猫从床上爬起来，抓住孩子就打，还说："谁是你爸爸，再喊，活活打死！"孩子哭喊着跑出来。母猫搂着孩子哄，待孩子不哭了，进了里屋。"发什么疯，你？"母猫说，"有气别往孩子身上撒！"猫说："孩子？它们不是我的孩子！"母猫听了，来气了，反问："孩子不是你的，还能是谁的？"猫阴阳怪气地说："有些猫，自然心知肚明。"接着，猫将DNA鉴定单扔给了母猫。

母猫看后，什么也没说，离开了。

猫点了根烟。猫想冷静冷静。一根烟抽完了，猫还是冷静不了。猫出了里屋。猫要找母猫问问，问问孩子的爸爸到底是谁。猫出来后，见那条鱼还放在那里，一双儿女趴在一边睡着了。猫没有看见母猫。猫进了厨房，也没有。猫进了洗手间，还没有。猫感觉有点异常。猫往外面找去。池塘边，猫发现母猫漂在水面。猫扑通跳下去，抱上来母猫。母猫已没气了。猫大声喊叫。猫的喊叫声，牵出了屋里的一双儿女，他们跪在母猫身边，哭累喊累后，扑向猫，又咬又撕，嚷嚷着要妈妈……

猫很失落。

猫心里难受。

猫来到一家酒吧，要了瓶白酒，喝得晕晕乎乎时，突然发现1号鼠与2号鼠也在喝酒，就在离它不远的地方。

1号鼠："临产了，还敢这样演，够姐们！"

2号鼠："对付我们的敌人，应该！只是那DNA……"

1号鼠："鉴定是假的，事前跟医生谋划好的。"

2号鼠："哦——"

（原载于《天池》2021年第3期）

"武陵杯"

世界华语微型小说年度奖获奖作品集

2021

老　相

— 胡　炎 —

老相摆了六个菜，四荤两素。我被满屋的肉香熏得有点蒙，对他说，这是干啥？他冲我作了个揖，你可是我的贵人，咋着也得喝几杯。

老相并不是我的熟人，准确地说，在昨天他从三米多高的桥上跳进河里之前，我们还素不相识。当时我有重要的采访任务，只是匆忙记下了他的电话号码，便离开了。之后，我就多次接到他的电话，问我何时见他。我多少觉得有点可笑，他倒是急于出名，不像那些做了好事不愿留下姓名的人，低调，不事张扬。

老相说，我等你好久了！我说，你认识我？他摇摇头，憨憨地一笑。不是那个意思，我是说，我等你这样的贵人已经好久了。我盼星星盼月亮，终于把你盼来了！我蹙蹙眉，听得一头雾水。

在这个寒碜又邋遢的地方，我并没有打算待多久，只想赶快把他昨天跳河救人的事整明白。但老相似乎比我还迫切，一边喝酒一边滔滔不绝。他说昨天那事不算啥，这五年里这样的事他干得太多了，家常便饭。我说，河里那人你认识？他说不认识。我说河那么深，现在又是深秋，你就不怕自己有个闪失？他说，见死不救，那不是人干的事。我笑笑，这句话我喜欢。

我准备告辞，普通市民见义勇为，也就是个短消息的料。可老相一把攥住我的胳膊，坚决不放我走。他手劲奇大，这样逼我留下，让我微微有些不快。

我还有好多事没说呢，他看着我，五年了你知道不？五年了我一直等着给你这个贵人好好说说呢！

我说，好吧，你说。

于是，老相告诉我，他救过很多人，干过很多好事，比如从流氓手里救过小姑娘，从火海里救过邻居刘大爷，在公交车上勇斗扒窃团伙，胳膊上挨了整整三刀。说着他捋起袖子给我看，果然有几条褐红色的伤疤。

给你说个更绝的！他越说越来劲，去年有个二百五被女朋友踹了想跳楼，我一个人爬到楼顶，往围栏上一跨，登时把那家伙吓傻了。他问我干啥，我说我娘死了，我不想活了。我打小死了爹，是我娘一把屎一把尿把我拉扯大。除了我娘，再没别的女人对我好过。就我这熊样，长得又黑又老，二十岁人家看我就像五十岁。我没钱，没工作，没女人，要啥没啥，倒不如死了去陪我娘。跳吧哥们，咱们一块脑袋开花，黄泉路上还有个搭伴的。那家伙竟从围栏上退回来，跑过来拉我的胳膊，还劝我，别死呀老哥，好歹我还有过女朋友，你连女人的滋味都没尝过，死了多亏。下来下来，咱喝酒去！就这么着，我把那个二百五救了。

看得出，老相颇有些智勇双全的得意。他端起杯子，把大半杯酒一饮而尽，舒服地哈了一声。我看着他。他确实像他的称谓一样，长得老相。我感觉这个其貌不扬的人着实有点意思，先前的不快也烟消云散了。

你今年多大？我问他。

三十五。

尽管我猜测过他的年龄，但他的回答还是让我吃了一惊。他竟比我还小两岁，我以为他至少是奔五的人了。

你刚才说的都是真的？我问。他说，千真万确，我发誓。我补充道，我的意思是，你说的那些关于你的身世都是真的？他说，都是真的，没爹没娘没工作没钱没女人。他指了指寒酸的屋子，你都瞧见了，这就是一个老光棍的家。我说，你才三十五，不老。他搔搔头，痛快地"嗨"了一声，五年了，一肚子话终于说出来了，真他娘舒坦！

我突然意识到他多次提起"五年"这个时间概念，颇觉蹊跷，就问，五年前你在干啥？他突然黯了脸，半晌说，坐牢。我心里一沉，为啥？他低下头，说，盗窃。良久，又说，没人瞧得起我，一辈子都没人瞧得起我……我给人说我干了很多好事，可没人愿听，更没人相信。我就想遇见一个记者啥的，写写我，让我露个脸！

老相第三天就上报了。据说他四处搜集报纸，满世界指着自己的报道给人看。不久，他被一家企业聘为保安。上班当天，他给我这个"贵人"的微信里发来了一张照片。照片上的老相穿着保安服，头戴大盖帽，神情庄严，看上去竟有了几分英武。

（原载于《小说林》2021年第2期）

愁 人

— 刘正权 —

老太太的声音都窝在喉咙里发不出来了，家属还不见露面。

够愁人的！

做这么多年陪护，秦嫂在心里埋怨家属的时候少。

这一次，秦嫂破了例，埋怨完家属后一个劲催医生加药，能提一口气是一口气，看老人那架势，有后事要交代的，该来的人却不见踪迹。

护士加药的同时，秦嫂再次拨打家属的电话。

依然是正在通话中。

秦嫂只好冲老人摇头，以这种无声的形式跟老人沟通，为的是节省老人体力。

老人眼窝深陷下去，不遇见强光刺激，是散发不出半点光泽的。

秦嫂的摇头，老人未必看得见，但老人明显感受到了，这从老人喉咙不再急促滑动可以证明。

程文东压根没打算接秦嫂电话，他算准了，只要他不在跟前，老太太一口气就会一直悠着。

这种事不鲜见，要不然哪来死不瞑目一说呢。他可是老太太的断肠儿，用老太太的话来说，死前最后一口气都是为他留的，绝不会不告而别。

这么想时，程文东甚至看见老太太正在慢慢将身体内部四处残余的力量往心脏那汇聚，跟死神做最后的抗衡。

抱着这种侥幸，程文东频频打开手机看时间，还有半小时就是午夜，零点钟声一响，意味着万事大吉。

不知道是不是药起了作用，老太太眼皮难得挑开一丝缝隙，秦嫂赶紧俯身过去，老太太眼光努力往秦嫂手腕上扒拉，秦嫂怔了下，马上明白，老太太是看时间呢。

又不是新年，关注这个有什么用？

心里虽这么想，秦嫂还是凑到老太太耳边，说快新的一天了。

老太太眼睛突然亮了，还哆哆嗦嗦伸出两个手指头。

这是要交代后事呢！

偏偏，秦嫂耳朵贴上去了，老太太嘴巴却固执地闭上了。

只有那两根手指头，旗帜般竖立这被子外面，秦嫂试着想把手指掖进去，居然遭到老太太的反抗，尽管那反抗几近于无，但秦嫂还是感觉到了老太太的坚决。

人死三天翘！秦嫂想起这么句老话，不再把老太太手指头往被子里面掖，在陪护的那么多病人中，老太太是唯一不作翘的。

伸出两个手指头在被子外面，跟作翘挨不上边的。

作翘的，是老太太的儿子。

掐着时间一样，零点还剩下最后三分钟，程文东气喘吁吁跑来了。

玩什么鬼，老太太多活这一天跟少活这一天，有什么区别，难不成还指望她朝闻道夕死可矣？

还真是有区别，区别很大。

程文东后面，是老太太的孙女。

两人眼睛同时看见老太太被子外面的两根手指。

程文东叹口气，看着女儿，说瞧你把奶奶给愁的！

秦嫂奇怪：这程文东，蛮会给自己开脱呢，上辈儿不管下辈儿人，跟小姑娘什么关系？

关系自然有，在那两根手指头上。

孙女轻轻把老太太另一只手拽出来，一根一根掰自己手指，掰了整整八根，然后伸直，跟老太太的两根手指并拢在一起。

春葱般白嫩的八根手指把树枝般干枯的两根手指，裹在了中心。

乍一看，如同枯枝发出了新芽。

程文东忽然没头没脑说："我娘今天生日，整整八十！"

看秦嫂眼光落在小姑娘那八根手指上，男人没头没脑再补上一句："我闺女二十了，就今天。"

看秦嫂眼光跳上老太太两根干枯的手指，男人冷不丁埋怨起秦嫂来："愁人不，闺女大老远从学校赶回来，想给她老人家拜个寿都没地方，你当陪护的，就不能帮忙想个法子？"

（原载于《天池小小说》2021 年第 7 期）

圆　满

— 丁迎新 —

临近傍晚，奶奶已经在厨房里摆开了战场，各种香味急不可耐地从爷爷时开时关的门挤出来，先炫耀一通。

爷爷比奶奶还忙，客厅里是孙子的战场，必须全神贯注、随时随地搞好服务，找东西、喝水、调频道，等等。满地是玩具，茶几和沙发上也是，孙子或爬或跪或滚或坐或卧或躺或躲在各类玩具之间，嘴里还在模拟着枪炮、动物、各式车辆以及动画片人物的声音，电视机也开着，间或停歇玩耍注目一会儿。看这阵势，最忙的应该是孙子才对。不时，厨房里奶奶在叫，那肯定是要帮忙接个水，递个盆，找个蒜，爷爷匆匆拉门进去，再匆匆出来回到本职岗位。

孙子闻到最喜欢的炸鸡翅的香味了，大叫一声："我要吃鸡翅！"

奶奶再忙，对孙子的声音也敏感，赶紧从油锅里捞出一个，刚放在碟子里，就催叫老伴。爷爷欣然领命，碟子端在手里，凑在嘴前，一边用嘴吹着降温，一边从厨房到客厅，孙子兴奋地一跃而起，肥嘟嘟的小手直奔目标，一把抓起鸡翅，立即开啃。

奶奶在厨房里埋着头忙，不忘习惯性地问："手洗了没有？"爷爷一听，坏了，只顾着马上给孙子吃，洗手给忘了，哪怕是用筷子夹着喂也行，可鸡翅已经攥在孙子手里，馋得像猫似的啃，亡羊补牢也来不及了。冲孙子挤挤眼睛，转头回答道："洗了。"爷爷的声音不够雄壮，有点底气不足的样子，奶奶不放心地拉开厨房门，对外瞅了一眼，问："这么快？"

门铃响了，爷爷打开门，是在政府部门工作的儿子下班回来了。鞋还没换好，手上的鸡翅已经吃到一半的小子冲过去，一下子亲热无比地趴在爸爸的身上。爸爸刚要转头亲儿子一口，看见儿子手上的鸡翅和一手的油已经沾在了自己的衣服上。

"啊哟！怎么直接用手捉上了？"

顺手从鞋柜上的抽纸盒里扯出纸巾，擦衣服上的油，再扯出几张，替儿子擦手和嘴，一看到儿子的手，愣住了。手背和手腕的位置，明显有几块污迹在，眉头一皱，责问儿子："手怎么没洗？"鸡翅上的肉还在小嘴里嚼着，哪有工夫回答，一旁的爷爷慌了，儿子责问孙子等于是责问自己。这是自己的失职呀，全家人明确交代，看护孙子是当下的主要责任。一慌，一急，也张口结了舌，不知怎么回答才好。

厨房的奶奶听见了动静，拉门站出来，手上还拿着锅铲，说："小东西要得急，就擦了下几根手指。"说着，开始往饭桌上端菜，儿子一回来，媳妇马上就会进门。面对母亲的解释，儿子不出声了，仔细地，用干净抽纸裹住啃没了肉的鸡翅骨头，掉了个头，重新让孩子捉着吃，脏手也就接触不到鸡翅。

"叮咚——"

门铃又响了，这回是媳妇，脚刚跨进门，就看见父子俩围绕着鸡翅展开的工作，一向尖细的嗓子立即发出谈不上和谐的高音来，"谁让你们这么干的？"

没人回答，通常情况下，这就是批评的节奏，而且不是针对哪一个，而是一个群体，是全部。对于卫生问题，身为医生的媳妇有至高无上的发言权和决定权，其他人只有服从的份。

好了，吃饭了！孙子扔掉还没全部吃完的鸡翅，立马就要往饭桌上扑。妈妈手快，一把拽住，不顾儿子的挣扎，直接拽到水池边，认真地用洗手液为儿子洗手。洗了一遍，闻闻味，又洗一遍。

终于坐到饭桌上，一家人开始吃饭，孙子扒了两口饭，忍不住兴奋地骄傲宣称："我上午都没洗过手。"

爷爷、奶奶、爸爸、妈妈几个人相互望望，各自望的目标和意味有点乱。奶奶骂孙子："瞎讲！我都把你洗了两三次。"爷爷的筷子从菜碟里夹了块大大的炸鸡翅，直接往孙子的小嘴里塞，边塞边说："小东西不是好家伙！"

大家重新低头吃饭，气氛一如往常，又好像温馨圆满起来。

（原载于《天池小小说》2021年3月上半月刊）

哑 女

— 王金石 —

"武陵杯"世界华语微型小说年度奖获奖作品集 2021

一杯烧酒进肚，酸甜苦辣涌上心头。柳木拉过柳全的手："哥，咱可是一起长大的。你怎么也得帮帮我……"

柳全是柳木的叔伯哥，鬼精灵，人称"耗子精"。

柳全说："别老在那二亩地里刨食了！按我的方法去做，我让你跟我一样有媳妇，住楼房，有花不完的钱。"他眯着醉眼继续说："没听人说吗？要想富，广开路！"

柳木还是不开窍："我一没文凭，二没技术，咋脱贫呢？"

"蛇有蛇路，马有马道。大路朝天。各走半边！"

柳全凑到柳木跟前："给你个发财路，有个科长托我给他闺女找个对象，这可是个大便宜，不是亲兄热弟不能给！"柳木心里想，妈呀，天上真就掉馅饼了。他欢天喜地半张着嘴听柳全叙说，"科长的闺女是个哑巴，有点委屈你，不过咱拿她搭个桥，等你在城里站稳了脚，有了根基，我再给你换一个，你看行吗？"

　　哑巴？柳木有点犹豫。可想想自己都快三十岁了，还没碰过女人呢。山沟沟里，像自己这样的，一群群的。有的，一辈子就是光杆子了。

　　他咬了咬牙，答应了。

　　新婚之夜，他一点都高兴不起来。新娘不丑，但不会说个贴心话啊，只会默默瞅着他。

　　婚后的日子很平淡，淡如水。哑女不会说话，但很会用心思。她心灵手巧，做的饭菜香甜可口。吃饭时，哪个菜好吃，哑女都会一筷子一筷子夹到柳木的碗里。晚上给柳木兑好洗脚水，轻轻地给柳木洗脚，柔柔地给他按摩。日子长了，柳木开始接纳哑女，外出办点事，办完了，急急往家赶。

　　一天，哑女递给柳木一张纸条。上面写着：咱两个蜜月度完了，不能再靠父母养着，该做点事了。柳木脸红了，望着哑女面露难色。哑女懂，抿嘴一笑，从包里拿出来一张卡，又举出三个手指头，又比画一个零。柳木明白了，哑女有三十万块钱，可以做本钱。柳木说："你的钱，我不能用。"哑女指了指柳木，又拍了拍自己，跷起大拇指。柳木明白哑女的意思：咱们是一家人，分什么你我？柳木问："做什么呀？"哑女在纸上写"买车，跑运输"。柳木说："可我没有驾照啊。"哑女拍了拍自己，笑了，柳木也笑了。

　　哑女开车，柳木上下货。一年下来，赚了好几万，柳木彻底服了媳妇。哑女的城市小，货不全，只能到邻县配货。到邻县要经过九道十八弯的一段山路。那天，雨过天晴，山路像水洗过的一样。哑女小心翼翼地把着方向盘，稳稳地开着车。车不知道怎么熄火了！柳木和媳妇下车查看。突然，一块石头从天而降，一下砸在柳木右腿上，鲜血直流，他慌乱地大叫了起来。哑女却分外镇静，把衬衣脱下，撕成条，扎好了伤腿，止住了血。她飞快地把车开到县医院。柳木伤势严重，要马上手术。医院小，血库没有血。哑女一下伸出了胳膊，嘴里咿咿呀呀嚷个不停……因为救治及时，柳木很快伤愈出院了。

柳木对开车心有余悸，说什么也不再跑了。哑女什么都依他。小两口一合计，学烤鸡技术。在丈人的帮助下，领取了营业执照，在市场繁华地段租赁了一处门脸，开了一家烤鸡店，起名"惠民烤鸡店"。柳木和哑女配合默契，工艺精细，烤好的鸡外焦里嫩，香酥爽口，而且食材新鲜、分量足；军人、老人优先。每天买鸡的人排到了大街上！

柳全又来了，进店拉着柳木就往外走。到了僻静处，柳全压低嗓音说："县政府办公室主任的闺女还没对象。人长得漂亮，就是腿有些瘸，你赶快离了，我把她介绍给你，这事成了你就再上一个台阶啦！不用干这油腻腻的活了。"

这次，柳木只是轻轻摇了摇头，什么也没说。

柳全眼珠一瞪，骂了一句"死榆木疙瘩！"悻悻地走了。他怎么也想不通：这回计谋怎么落空了？憨子柳木什么时候变聪明了？上次介绍哑女，他要了人家五万。

柳木回到店里，哑女用目光询问柳木：柳全来干什么？柳木说："干活吧，别理他，他是个疯子。"

哑女听了，乐呵呵地忙了起来。

（原载于《金山》2021年第2期）

"武陵杯"世界华语微型小说年度奖获奖作品集

2021

明明白白我的心

— 朱道能 —

宋山正在喝酒，手机响了。他以为是老婆晓芸打来的，正想拒接，一看是弟弟宋海的电话。

"哥，你能给我转点钱吗？"宋海压低嗓音说，"我跟女朋友在逛街，钱没带够……"

宋山一听弟弟有女朋友了，赤色的脸膛又添了几分喜色。"没问题，正好今天发了工资，我都给你转过去！"等兴奋劲一过，宋山心想：坏了，今天没钱打麻将了……于是，就跟哥们编个理由，悻悻地回了家。

晓芸正在拖地，看丈夫眼神，就像是看稀奇动物似的，"嗬，今天太阳从西边出来了？"宋山凑过去，嬉皮笑脸道："你看我的脸像不像西边的红太阳？"晓芸嗔怪道："去、去，满嘴酒气，快点去漱口！"

漱口后，宋山又凑到晓芸旁，兴奋地说："跟你说件好事，宋海有女朋友了。"他接过晓芸递过的热茶，喝了一大口，又说，"你说他，跟女朋友逛街钱都没带够，找我借钱哩——这小子，大大咧咧的毛病一点没改！"

晓芸一下子有了笑模样，"宋海有女朋友了？好事啊！"接着又说，"咱爹妈是农村的，挣不上大钱。宋海刚工作，手头也不宽裕，你这个当哥的是应该多帮衬帮衬他。"

宋山一把抱住晓芸，动情地说："我妈说得不错，我宋山上辈子烧了高香，娶了你这个好老婆！"晓芸拧了宋山一把，说："你现在才知道呀？"

这一晚，宋山搂着晓芸，一觉睡到大天亮。

从这以后，每到宋山发工资的时候，宋海的电话、短信就如约而至：

"哥，我准备给女朋友买一部手机……"

"哥，我准备跟女朋友到三亚玩一趟……"

"哥，我准备……"

每次，宋海还会补上一句："哥，你要是为难的话，我找别人想办法。"

本来宋山还在算计留下多少喝酒打麻将的钱，一听这话，便把指头一点，"嗖"的一声，工资款全部转了过去。末了，还不忘来一句："为难啥？你哥不差钱！"

只是，宋山在弟弟面前当了大哥，再也不能在哥们面前充"大哥"了。下班后，宋山摸摸口袋，只得闷闷不乐地回家了。

打开家门，一张笑盈盈的脸，一桌热气腾腾的饭菜正等着宋山。

这一天，晓芸正在厨房做饭，只听大门"哐当"一声响，宋山一阵风似的跑进来，激动得嗓音都在发颤："老婆，快看快看，我的体检报告出来了，血压、血糖、胆固醇都正常了，都——正——常——了！"

晓芸关了煤气，把体检单仔仔细细看了一遍。她突然捻起锅里一块牛肉，一下子塞进宋山的嘴里。看着老公烫得不停地咝咝哈哈，晓芸笑得眼泪都出来了。

是夜，两口子打开一瓶红酒，举杯对酌，醺醺然。

几个月后的一天，宋山突然想起什么，问晓芸："宋海这一段怎么不跟我要钱了？会不会是……"晓芸说："哦，忘记给你说了，宋海跟女朋友分手了。"

宋山愣了一下，叹口气："我还想着让宋海带女朋友回家过年，让爸妈高兴高兴哩！"

晓芸用胳膊肘碰了碰丈夫，说："没事，我已经替宋海物色了一个更好的，是我同事的女儿，又漂亮又懂事，明天让他们加微信聊一聊。"

一个月后，宋海回来了，是跟女孩约定见面的。

几天后，宋海要回去上班了。宋山提起拉杆箱，说："走，哥开车送你去火车站。"晓芸拿脚踢了一下宋山，说："没脑子的傻哥哥，谁让你送了？"宋山看着弟弟手中的鲜花，这才回过神来，挠了挠头皮，嘿嘿一笑道："好，好，你们去，你们去！"

这时，晓芸从屋里拿出一个鼓囊囊信封，递给宋海。一见这个信封，宋海就连忙摆手："嫂子，你别再推了，这是我哥的……"

晓芸朝宋海挤挤眼，大声地说："对呀，你别再推了，这是我跟你哥的一点心意。听嫂子的话，这女孩不错，好好跟她处。该花的就花，男子大汉的，别太小气了！"

宋山一听，也来劲了："你嫂子说得对，咱宋家的男人不能小气。以后缺钱啥的，尽管跟哥说。"

宋海接过信封，然后朝晓芸深深地鞠了一躬，说："嫂子，我们宋家谢谢您！"

（原载于《金山》2021年第3期）

大地的声音

— 徐建英 —

马南五岁，如风一样奔跑在结着盐壳的土地上，任张开钰在后面撵着他喊："马南，马南你慢点儿跑啊！地硬，别摔着了，痛！"

马南呢，不应，也不理，把一路无拘无束的笑丢进夹着咸燥味儿的风沙中。

出生不久，张开钰就发现马南听力上有障碍，顺上风，什么都能听得到，可有时明明就在他旁边说话，他却啥也听不清。张开钰是基地上的气象探测员，与马南的爸爸马川婚后没多久就来到了罗布泊。生下马南后，夫妻俩在这片戈壁滩上一待就是六年。六年来，张开钰仅有的两次外出，都是为马南寻医。各种检查都做过，但医院并不能准确地说出个所以然来，各种药也吃过，可声音还是只能时有时无地钻进马南的耳朵里。

可能是跑累了，马南又一阵风似的跑回自家，一屁股坐在地窝子前的路上。远处响起了高昂的打夯歌，他侧着耳朵听了一会儿，伴着调儿哼起来："喝咸水那么，嗬嗨！早穿袄来午穿纱那么，嗬嗨！蚊咬屁股沙打脸那么，嗦罗罗罗嘿……"

跟在后面气喘吁吁的张开钰笑骂道："猫耳朵哩，跟着你旁边雷样地喊，你听不到，隔了这么远的夯歌，你倒是学得有模有样的。"

看着喘着粗气的张开钰，马南停了声，转头问妈妈："什么是象耳朵？"

马南的听觉又跑偏了。

"你这孩子……"张开钰叹了口气，温柔地抹了抹马南脸颊流下来的汗，贴在他的耳边说："象耳朵指的是大象的耳朵，很大很大，整天耷拉着的。"

"妈妈，什么是大象呢？"

"大象啊，是一种生活在热带丛林中的动物，很高很大，还可以骑的哦。"张开钰再次贴近马南的耳朵说。听清了的马南歪着头问："大象的耳朵有多大呢？"

张开钰比画起扇子的形状，马南摇摇头。张开钰比画起翅膀的样子，马南还是摇头。摇头过后，他拉起张开钰的手跑进自家的地窝子里，手指着墙上挂的那张耳郭形的罗布泊地图问张开钰："是不是跟这只耳朵一样呢？是地图上的这只耳朵大，还是大象耳朵大呢？"

"跟它相比，象的耳朵可小多了。"张开钰再次努力地在马南的面前比画大象耳朵的样子，马南圆睁双眼，一脸的迷茫。

"武陵杯"世界华语微型小说年度奖获奖作品集 2021

　　夏季也有寒风，马南如风一样钻进了戈壁滩，他想去找大象。当张开钰从监测站返回时，发现那个小小的身影已被笼罩在一片黑黄色的沙尘暴中了，她连滚带爬扑了进去。

　　风沙终于吹累了，地上的尘土也累了，颤着身子趴在地上的母子俩也成了一对土人儿。

　　"妈妈，我们为什么要住在这个喜欢刮大风的地方呢？"马南抹着脸上的灰土，哭着问张开钰。

　　"因为爸爸在这里啊！"张开钰指指远处的基地。

　　"那爸爸为什么不去有大象的地方呢？"

　　"因为这里更需要爸爸，爸爸和同事们在这里工作，可以让我们的祖国变得更加强大！"张开钰边说边比画。

　　马南似懂非懂地点点头。

　　回到家，几声"哼哼"的猪叫传来。张开钰略一沉思，抱着马南，指着猪说："看，我们这里有'小象'呢！"马南说："妈妈，小象能骑吗？我想骑小象。"

　　张开钰看着马南被风沙刮得通红的小脸，摸着他脸颊上一层层被风沙吹得皲裂的皱口，钻进地窝子，给猪打来半桶食。待猪吃饱后，把马南带进猪圈，小心翼翼地把他放在猪背上。猪"嗷嗷"地叫着，驮着马南绕着猪圈跑，张开钰扶着马南半跑着绕猪圈打转。一时间，大人小孩开心的笑声，夹杂着一股浓浓的猪屎味儿飘了起来。

　　当金色的秋天来临时，基地更忙了。

　　马南一连十几天都没见到爸爸的影子了，他一个人在屋里时，就画墙壁地图上的大耳朵，或趴在猪圈旁与"小象"嗷嗷对话，或坐在地窝子前等张开钰从监测站下班返回。

到了深秋，罗布泊的天空被一声撕裂般的巨响划破，一朵巨大的乌金色的云腾空而起，广袤的戈壁滩霎时笼罩在这片金光之中。几十公里外的地窝子前，张开钰激动地摇着马南小小的身躯，说："马南，你爸爸他们成功啦，你听到了吗？'砰'的一声，真是太美妙了！"

　　"妈妈，我也听到了……"马南点点头。张开钰抱着马南，任凭泪水流了满面。

　　（原载于 2021 年 3 月 2 日《羊城晚报》，转载于《小小说选刊》2021 年第 10 期）

跃龙门

— 金可峰 —

黎家湾有一个池塘，塘水清澈。据说是有一年发大水，洪水冲破堤堰，翻垸冲出来的小湖。黎青和小英就住在池塘边不远处，两人从小一块长大，喜欢并排坐在池塘边看鱼儿跃出水面，又"扑通"落进水里。鱼是小英小时候放生放进去的，黎青说他把鱼当成了小英，每天投鱼饵小心呵护，希望它像小英一样自由自在地生活。小英就笑得如塘里的莲花，看得黎青发呆。

鱼儿似乎听懂了他们的谈话，跃出水面，在空中缩卷起尾巴然后使劲一弹，再扎入水里消失得无影无踪。小英说："鱼儿蹦得好高呀！"

黎青望着鱼儿消失的水面，深思地对小英说："有一天，你会不会也像鱼一样蹦远，消失得没踪影。"

"不会。"小英笑黎青傻，"鱼再厉害，也蹦不出池塘，我能蹦到哪儿？"小英捏紧了黎青的手，黎青感觉小英的手很软，暖暖的。黎青还是隐隐地担忧，他常听小英的妈说外面的世界花花绿绿，外面的女人生活如何潇洒，小英就要过这样的生活，黎青就怕小英像鱼一样蹦出去。

小英又说："你不是说我是鱼，你是池里的水，哪有鱼离得开水？"黎青便把小英搂到怀里，调侃着我不能让这条鱼溜走。小英笑，脸上笑出红霞；黎青笑，笑出满意的泪花。

今年夏天的雨特别多，一连落了十多天，每天"噼噼啪啪"落得黎青心里发慌。黎青住的黎家湾地势低，雨天天落，池里的水天天涨。黎青每天要去池边看鱼，怕池塘涨满水，鱼儿会跟着漫出的水游走。雨越下越大，河里的水跟着雨漫过堤岸，黎家湾翻垸了。水顺着堤坡流入池塘，又漫过池塘进入沟里田里。黎青没看见塘里的鱼跃出来，他发疯似的四处寻找。

黎家湾的人上了堤，躲进安全地带。小英听说黎青追鱼去了，一连几天没见踪影，她沿着堤岸拼命地喊。四周水汪汪，村里的屋顶冒出个尖尖。小英只看见水面漂浮的杂物，就是不见黎青的影子。黎青水性好，但能敌得过这滔滔洪水？小英暗想。小英对着洪水哭，她骂黎青傻，不就一条鱼，跑了就跑了！小英嗓子快哭哑了，她看见一个黑影在水面划来。小英看清楚了，是黎青，小英喜极而泣。等黎青驾的小船靠岸，小英捶打着他："你不要命啦？"

"我说了，鱼像你，一定要保护好。"黎青篓里装着一条鱼，鱼身上有他们放上去的标识环。黎青当年说："有了这个环，跑多远都能认出来。"

水退了，黎家湾满目疮痍，一季的收成黄了，黎青不得

"武陵杯"世界华语微型小说年度奖获奖作品集

2021

不出去打工。黎青对小英说："等干出名堂，让你真正跃龙门。"

小英点点头，不舍地说："别忘了，我是鱼，你是水。"

黎青狠狠点了下头。

一晃三年，黎青回来，他去找小英。别人告诉黎青，他出去不久，小英的妈逼着小英也到了城里。她妈说再也不想待在这种穷地方，还逼小英嫁给了城里人，算是鲤鱼跳龙门。

又过了几年，黎青在家乡办起了养殖场，生意顺风顺水。这年春暖花开，众人发现小英又回来了。她面容憔悴，听说跟城里的丈夫离了婚。丈夫嫌她像条鱼，每天一身的鱼腥味。

有人撞见小英她娘俩在门口晒太阳，问小英的妈："你女儿不是跃了龙门，怎么又回来了？"

小英妈叹了口气："这龙门还真难找，谁知开哪儿。"

"在神话传说里。"小英身子软塌塌地在一边倚着门接过话。她每天就这样靠着门，坐在门口看池塘，想着鱼儿跃出水面的样子。

（原载于 2021 年 5 月 15 日《郑州日报》）

想想他的好

—（澳大利亚）张月琴 —

"武陵杯"世界华语微型小说年度奖获奖作品集

2021

"亲爱的，我出去买点东西，请给我一百块钱吧。"吴若溪柔声细语地跟丈夫乔治说。这位来自美国的年轻丈夫，听到妻子找他要钱，一脸的不乐意，语气生硬地说："前天不是刚把工资的一半给了你吗？""嘿，我没钱不找你要，找谁要呀？"吴若溪见丈夫不乐意给钱，顿时火冒三丈，声音提高了八度。

"孩子在睡觉呢，你别这么大声嚷嚷好吗？当初规定好的，孩子出生后，你在家带她，我出去工作，每月工资的一半儿给你，这一年我可从没失言。""你是说到做到，但在家里只讲规定吗？""我答应的事我肯定做，诚信第一。别的就管不了。""也就是说，今天的钱你是不给了，对吧？"乔治一副爱答不理的样子，连头都不回，去了健身房。

每次夫妻产生矛盾时，乔治总用避而远之来结束他们的争吵。殊不知今天他的离开让妻子更加恼火。此时的吴若溪怒气填胸，想爆发又没听众，简直是七窍生烟。居然为了一百块钱，把自己搞得如此狼狈不堪！

真的只是为一百块钱吗？是，也不是。头次听他回话的语气那么生硬，想想都不爽。看来伸手要钱的日子必须结束。就不信，我出去会比他赚得少？！手机响了，是妈妈打来的。若溪从来都不愿意让父母知道自己的不愉快，便故作镇定拿起手机，刚开口，妈妈便知："又不高兴了？""没有。""还嘴硬。嫁个洋人有啥好？和我们无法沟通不说，家里有房不住，非要花冤枉钱租房子，有了孩子也不让带，这不是剥夺我们享受天伦之乐的权利吗？"妈妈在电话那头像热锅炒蚕豆一样，噼里啪啦炸个不停……

终于轮到若溪说话了："妈，从小您不是教导我要独立吗？爸的身体不好，我们不想您顾老又顾小太辛苦。乔治刚说，他的中文又进步了，这个周日回家与您唠唠呢。"

吴若溪知道，居家过日子吵架是难免的，但吵终究是吵不出什么好的结果来。她也清楚，走进婚姻殿堂的人，不是谁来改造谁，跨国婚姻尤其如此。生活习惯、文化差异等方面的问题，需要夫妇共同去面对。

想起在芝加哥大学留学的日子，她和他是同学。为了她，他选修了中文。毕业后，双方各自找到了心仪的工作。正准备大展宏图时，自己的父亲住进了医院，仅靠她年近花甲的母亲里外操劳。尽管妈妈口口声声叫她安心工作，可吴若溪的心又怎能安得下来呢？她是家里的独苗，就算父母从不提让她回家的事，但她明显地感到家里的现状是需要她回去的。一边是好不容易奋斗到的高薪工作及与乔治温馨甜蜜的爱情，回中国，这一切将化为乌有；另一边是需要陪伴的空巢老人及家庭的责任，一时间她陷入两难之中。

此时，乔治毅然并深情地对她说："回去吧！你父母需要你。我已和我的家人商量好了，陪你一起去中国发展。"听到如此温暖的话语，若溪的难题迎刃而解了。

乔治很顾家，特别疼爱女儿。想想他为了爱情舍弃了他的家人及在美国的事业，来陪伴自己。在中国除了自己和女儿，他什么都没有。想想他的好，若溪烦躁的心情渐渐地平复下来。

情绪稳了，心情好了，她系好围裙下厨房。

当乔治推开家门，饭菜四溢的香味及宝贝女儿跌跌撞撞同时向他扑来，他惊呆了……

餐后，乔治说："亲爱的，对不起！刚才我态度不好。"当他正准备掏出一百块钱时，妻子做出了打住的手势，接着说："知道自己错了就好。如今女儿不吃母乳了，今后我去工作，你在家带她，行吗？""没问题。"吴若溪没想到自己考虑已久且难以启唇的问题，不费吹灰之力办妥了。"你怎么想都不想，便答应了呢？""这有什么好想的，在家带自己的孩子很正常。""我早就想出去工作了，但怕你不愿意在家带孩子。""怎么会呢！这样我有足够的时间陪伴孩子。今后你赚钱养家，跟以前一样，工资对半分，先说断，后不乱。我不会再找你多要一分钱。"吴若溪听完丈夫的话，甜蜜地说："你真好！"

（原载于2021年第754期墨尔本《联合时报》）

好好活着

— 马新亭 —

　　他进门时看见父亲坐在沙发上，戴着老花镜眯着眼端着晚报看报纸。"嘭"重重的带门声，把父亲的目光从报纸上拽到他身上。母亲系着围裙在厨房里忙碌。他的屁股还没落到沙发上，父亲的声音已经钻进他的耳朵："孩子考了多少分？打电话你也不接。"他阴沉着脸："别提了，考得很低。"

　　父亲指着报纸："别给孩子压力，今天的报纸上说昨天有个高考的孩子因为分数很低自杀了。"他本来心里生气，父亲这一说他更生气："压力、压力，你从小就说别给孩子压力，你就不怕他以后没饭吃的压力？"

　　正在往茶几上端菜的母亲，听见他敞着嗓门儿的话，像是责备又像是安慰地说："我一个字也不识，和你爸不也过得挺好？"

　　他轻蔑地看一眼母亲，说："那就更得让孩子上大学！没文化什么也不懂，连怎么过上好日子的都不知道。"

"你说怎么过上的！"母亲不满地说。

他气呼呼地说："怎么过上的？还不多亏上学！我祖父那时候是土财主，很有钱，把父亲送到省城去读书。我父亲学习成绩优秀，考上了一个好单位。但父亲长得太矮太丑，虽然是城市户口却不好找对象。你当时是农村户口，长得好点儿，你们各有所取，结婚成家，后来全家'农转非'，过上了现在的好日子。"

"算啦算啦，快吃饭吧，少说你那些歪理怪论。"母亲一边往厨房走着一边说。

几天几夜的雨终于在周六傍晚时停下，人和车从建筑物里钻出来，冷冷清清的街道热闹起来。"走，咱去吃羊肉串，聊聊。"他对儿子说。

"打算怎么办？"他仰脖喝下一杯啤酒。

"不知道。"儿子拿起一根滴着油的肉串儿吃着。

"小学五年，初中四年，高中三年，就这么结束啦？"他像是对儿子说，又像是自言自语。

儿子低着头嚼肉串儿，不说话。

"你今年十八，不上学干什么呢？"他连喝两杯啤酒，似乎在酒中寻找答案。

一阵沉默后，他说："去学着做买卖？"

儿子不吭声儿，好一会儿才说："你有那么多本钱？"

"去当兵？"他想想说。

"就我这高度近视，能验上？"儿子反问。

"再上一盘鱿鱼。"他冲服务员说完，想想说，"要不去工厂里打工？"

「武陵杯」世界华语微型小说年度奖获奖作品集

2021

儿子不屑一顾地笑笑："我不去，又脏又累还不挣钱。"

"那你打算干啥？"他看着儿子。

儿子咽下一口肉，清清嗓子说："《哈利·波特》中有一句台词：'不管我们面对什么处境，不管我们的内心多么矛盾，我们总有选择。我们是什么样的人，取决于我们选择做什么样的人。'"

儿子的话差点儿把他逗笑，他急忙把一口酒咽下去，似乎喝慢点儿会喷出来。他叹了口气，说："你想做个什么样的人？"

儿子也叹口气："我也不知道，但我不甘心，我真的不甘心，不甘心就这么过一辈子。到底是这个社会太残酷还是我太无能？"儿子说完望望天。虽然儿子仰着头，泪珠却从脸上滚下来，像天上的星星又亮又大。

他也哭起来，泪水湿透眼睛。他擦一把眼泪说："咱复读吧，再拼搏一年。"

儿子说："再复读一年就能考上？有的同学复读了一年还不如第一年考得好，再说复读一年最少提高100分才能考上好学校。"

他说："复读吧，能考上更好，考不上咱也无怨无悔。"

儿子勉强点点头。

他举起杯说："来，你用茶水，咱们碰一杯，祝你明年金榜题名。"

他嘴上这么给儿子打气，心里却说："万一明年再考不上怎么办？"

第二年的一个下午，再过十几分钟就是公布高考成绩的时刻，这是他望眼欲穿盼望的时刻。当这个时刻真要到来时，他竟然轻轻走出家门。如果儿子再考不上，可怎么活啊？他在心中慨叹。突然微信响了几下，他几乎是哆嗦着掏出了手机。果然是儿子发来的微信，可是他却没点进去看微信的内容，就又把手机装进裤子口袋里。

高考分数固然重要，但最重要的还是好好活着。想到这里，他眼里哗一下涌出泪水，本该流汗的脸上，却在流眼泪。

（原载于《百花园》2021年第6期）

马桂珍的一天又一天

—（加拿大）红山玉 —

　　和前天上午一样，六十五岁的马桂珍盘腿坐在地板上，看着眼前的小兔子吃油菜。她想用手去摸小兔子的毛发，可是伸出去的左手哆哆嗦嗦，颤颤巍巍半天，愣是摸到了兔耳朵上，小兔子一个闪身，来了个九十度转，又咯吱咯吱地吃起来。

　　马桂珍只好用右手握住左胳膊，两只手臂一起合力向前，才摸到小兔子的后背上，小兔子专注地啃着油菜叶子，不反抗了。

　　"我说四娃啊，你不能光吃叶子，那菜梗才有营养呢。里面有啥来着，对，三丫头说里面有钙。"马桂珍跟兔子一句一句地聊着家常。

　　"你不能像三丫头一样，她就只吃叶子，你看看她现在长啥样了！是不是像一棵豆芽菜了？豆芽菜多少天没回家看我了，你数没数着日子？不是说放假就回来吗，这三天假期快结束了，也没见着三个鬼丫头的影儿。"马桂珍抬起右腿来，用一只手撑着地板，费了半天劲儿总算站了起来。她先敲打几下发麻的两条腿，然后才迈步向窗边走去，窗户边的墙上挂着日历，她想数数到底有多少天丫头们没回家了。

"你们几个住的远吗？老大月季离我五百公里，老二荷花离我一百七十公里，老小菊花离我最近七十公里。老大一家三口回来了两次，老二一家三口回来了一次，老小嘴里答应过回家三次，老头儿没了四年零三十九天……"马桂珍一边叨咕着，一边用手点着挂历上自己做了记号的这些个日期。"唉，还是四娃好，四娃虽说不会说话，可是它天天能陪着我啊。"

马桂珍走到厨房倒了杯热水，端着杯子进了卧室，卧室墙上床头正上方挂着家里九口人的大合影，那还是四年前老伴活着的时候拍摄的全家福呢。马桂珍把茶杯放到床头柜上，刚想躺倒床上眯一会儿，又禁不住抬头看了看那合影，她于是站在了枕头上，一伸手取下了相框，放到了床头柜的后面。

她这才躺倒，刚闭上眼睛。那毛茸茸的小嘴又来啃咬自己的头发了，"嗯，四娃，就你最好，又来和我说话。你把油菜帮子都吃了吗？"黑兔四娃不理会马桂珍的质问，只是一如既往地用那三瓣嘴啃着马桂珍花白的头发，身上光滑如瀑的黑色毛蹭着马桂珍的脸，马桂珍伸出手来抚摸着它的脊背。黑兔啃了一会儿，又蹦到马桂珍的肚腹上，用爪子洗了洗自己的脸，然后蹲坐在马桂珍那干瘪的肚皮上。

"四娃，你不嫌弃我的一把老骨头硌着你的肚子？你个二斤半的小东西，咋这么会黏糊人呢？"马桂珍说着，又伸出手去，摸了摸四娃的耳朵，四娃这次没有跑，还顺从地配合着把耳朵紧紧贴在自己的后背上。

窗外阳光透过那棵刚刚发了绿芽的槐树照射进来，在纱帘上留下烁烁闪动的斑点。马桂珍躺在床上，四娃卧在自己身上。一人一兔，屋子里很静，很静，静得只有阳光抚摸着她俩的脸。

一阵喜鹊的叫声打破了屋里的沉寂，四娃一个闪身逃离了马桂珍的肚皮，又跳下床，朝客厅跑去，那里有它自己的笼子。刚刚眯着了的马桂珍却一个翻身，直接坐了起来。喜鹊登门，必定有喜啊。她揉揉自己的老花眼，靠着床头想着是不是三个丫头中的哪一个要回来了呢？

马桂珍喝了一口早已经温吞了的水，刚喝了第二口，门外响起了敲门声和一个小伙子的吆喝声："顺丰快递，请您签收！"

马桂珍走出卧室，四娃从自己的窝里跑出来，跟着主人跑向门口。它知道箱子里装的又是自己爱吃的草，它已经懂得了一喊"顺丰"，就是它的美食来了。

马桂珍叹了口气，说："哎，给我个不会说话的小兔子，定期快递兔子口粮，这样你们就安心了吗？"她打开箱子，拿了点新鲜的草，然后走回卧室。她看着空空的床头上方，想了想，又把全家福挂了起来。挂完，她回身问正吃草的黑兔："四娃，我这是第几次摘下又挂上，你还记得不？"

黑兔四娃没有理会她，正绅士般地吞咽着带来春天气息的草。

（原载于《天池小小说》2021年第9期）

迷你爷爷来拜年

—（马来西亚）李志平 —

随着除夕夜此起彼落的鞭炮声，期盼已久的农历新年终于降临。其敏和其新两姐弟欣赏火花时，天空中隐约出现一个老人的面孔。其敏转头叫其新看时，老人却蓦然消失，令她一阵错愕，怀疑自己眼花。

大年初二午后，其敏到朋友家拜年。短暂寒暄后，她邀几位朋友到家中做客，却巧遇亲戚全家登门向母亲刘太拜年。其敏和朋友们向亲戚握手拜年后，后者便匆匆告辞。

当晚就寝时，其敏熄灯后听见响亮的蝉鸣，发现墙角出现了刺眼的火光。随后，一个头戴高帽、大约六寸高的迷你爷爷出现在眼前。

"其敏，你知道你今天做了什么吗？"迷你爷爷开腔道。

其敏吓得立马去推房门，但怎么也打不开。她急得大叫母亲和其新，却喊不出声，只好快步逃到床上。

"别怕！我说完话就走！"迷你爷爷说。

其敏睁大眼睛，等待他说话。

"你的亲戚大老远来拜年，你没事先通知母亲，就邀请朋友们来，导致亲戚一家沙发没坐热，就赶紧起身告辞。"语毕，那老人即刻消失，墙角也没了火光。

"妈！其新！"这时其敏快速开灯，开门叫了一声后，她就呆住了，愣了半晌。

关上房门，她心有余悸地望向墙角，陷入沉思。

她请朋友登门拜年有错吗？应先告诉母亲？若告诉了，母亲是否应先通知在场客人？他们会否以为母亲在下逐客令？还是母亲根本不必通知？若不通知，难道她应该像大伯家那样预备两套沙发，好让她和母亲招待各自的客人？

一时间，迷惑、自责相继袭上她心头。

今早，其敏想把昨夜经历的事告诉家人，但几次话到嘴边，却怎么也说不出口。

不久，舅舅和舅母上门来拜年。刘太跟他们寒暄两句后，打算留他们吃午饭。于是，其敏跟随母亲到厨房帮忙，留下其新在客厅招待。

闲聊间，舅舅和其新谈起了工作和前途。

"其新，你有打算换工作吗？"

其新勉强堆起僵硬的笑容，低下头去。

"依我看，你应该辞去修车工作。毕竟你也念到了中六，不怕找不到好工作啊！"这时，舅母开始发表论调。

"是啊！你总不能一辈子都在修车行修车，对吧？"舅舅轻拍其新的肩膀。

"别忘了你是儿子，应该负起养家的责任，是不是？"

舅母一只手放在嘴边，压低声音说。

夫妻俩于是一搭一唱，说起了人生大道理。其新面露难色，一时不晓得如何回应他们。虽然他想表达自己的想法，但始终提不起勇气。

这时，门外响起了震耳欲聋的声音。

舅舅匆匆打开大门，只见门前站着迷你爷爷。舅舅当下被这怪老头吓坏了。

迷你爷爷直接走进屋，舅舅苍白着脸往后退，不小心跌坐在地。

其新和舅母两双眼瞪得溜圆，都吓得退后几步，不敢上前扶起舅舅。赶来看究竟的其敏和刘太也是一脸的震惊，差点叫出声来。

"我报警……报警……"惊慌中，舅母掏出手机，颤抖着说。

"你敢？！"迷你爷爷大吼。

舅母吓一跳，手机哐当落地，捡都不敢捡起来。迷你爷爷眼珠子扫视所有的人，然后紧盯舅舅和舅母。

"其新早就认清了人生目标！自从父亲不在后，他更下决心要让家人过好日子，并不是没有计划！我看他受委屈，忍不住站出来替他说话！"迷你爷爷连珠炮似的说了一番话后，转过身，高昂着头，大踏步地走出大门。

大家的目光和脚步不自觉地随着他移动。

屋外不知何时出现一间迷你小屋，只见迷你爷爷打开小门，直接走进屋内，关上门后，他跟小屋瞬间消失了踪影。

像是被按了暂停键一样，大家的思绪停顿下来，满脸错愕和疑惑。

（原载于 2021 年 6 月 24 日《星洲日报》）

抓捕黑老大

― 陈修平 ―

黑老大罗来龙被抓起来了！

人们茶余饭后都在聊着这事，虽然只是知道这个消息，并不了解抓捕详情，但这并不妨碍大家谈论的热情。

罗来龙、罗来虎兄弟俩的"知名度"太高了，"威名"贯耳全县十多年，其影响力甚至辐射到了外县乃至市里。

罗来龙二十世纪七十年代生在乡下，长在乡下。八十年代电影《少林寺》热播时，罗来龙正值少年，他热衷于模仿少林武僧的动作，时常带着村里一群孩子舞棍弄棒。这样下来，本就学习成绩不好的罗来龙，更是读不进书了，还不时在学校与同学打架。面对老师苦口婆心的教育，罗来龙当作耳旁风，久而久之，老师嫌他嫌得像臭狗屎。初中没毕业，他就辍学了，先是在村庄附近的集镇上游荡了两三个月，后来去了外地两三年，他父母说他去少林寺学武了。

罗来龙返回家乡后，人们发现他比原来长高了不少，也壮实了不少。在村里，他先是找同龄人掰手腕、练摔跤，结果都不是他的对手；接着，他就找比他年龄大的掰手腕、练摔跤，结果也都不是他的对手。村里人抱着好玩试试的心理，两三人一起围着罗来龙，企图合伙将他摔倒，但刚一近身，反被他先后摔翻。又有两三人围了上来，结局还是一样。

"来龙可能真是去少林寺学过了的，怪不得现在身手这么好！"村里不少人议论着。

"不过，看他掰手腕时手臂上露出的龙纹，又不怎么像少林寺学的，没见过真正少林寺出来的文身！"也有人小范围内提出不同看法。

不管人们怎么看，罗来龙的身手好已是不争的事实。村里再也没有人敢招惹罗来龙和他家人了。

再后来，罗来龙去了集镇上混，不久就有七八个人跟着他混。天热时，他们露着文身的臂膀；天冷时，他们露着凶狠的目光。集镇上开店的，见了他们没有不怕的，餐饮店吃饭，杂货店拿物，没有人敢收他们的钱。不仅如此，听说做生意的还得背地里"孝敬孝敬"他们，否则这生意就很难做下去了。

过了两三年，跟着罗来龙的人越来越多。罗来龙的弟弟罗来虎没考上高中，也跟着哥哥出出进进了。

又过了几年，罗来龙的势力已经渗透进了县城的歌舞厅、地下赌场，甚至河里的采砂业务。凡是来钱容易的，几乎都有罗来龙兄弟俩的影子……

抓捕罗来龙，是因为出了一桩凶杀案。

一名商人从市区一间茶楼出来，遭到一伙人疯狂砍杀，五六十刀下去，这名商人还没送到医院就在途中死了。

场面之惨，手段之恶，一时成为全市议论的热点。

市公安局下令从速破案从快抓捕凶手。很快，部分凶手归案，供出幕后指使为罗来龙，起因为经济纠纷。继续深挖，除了这起凶杀案，还挖出罗来龙一伙其他一些伤人案件。

一次聚会，有位王警官，正好负责实施抓捕罗来龙。聊着聊着，他向包括我在内的朋友们介绍了抓捕详情。

其实，第一次抓捕行动失败了。四名刑警找到罗来龙在乡下的藏身之处，破门而入。哪知罗来龙吸毒了，凶狠无比，不但开枪伤了一名刑警，还从二楼窗户跳下逃脱了。

警方火速派人增援，出动警犬，在第一次抓捕之处的后山上展开地毯式搜索，终于发现了罗来龙。看到被警方大队人马包围，罗来龙举起手枪对准了太阳穴。在这千钧一发之际，王警官大喊一声："你要是死了，你弟弟就说不清啦！"罗来龙持枪的手瞬间耷拉下来了。数名刑警立即上前，按住，缴械，上铐，罗来龙没有丝毫反抗。

王警官还介绍，后来从审讯、判决到处死，罗来龙均没有任何抗拒。究其原因，一是他知道自己必死无疑；二是他内心充满着对他弟弟的悔疚。他弟弟虽然罪不至死，但必然也会被判刑。如果不是他带了不好的头，他弟弟原本是个比较乖巧的孩子……

后来，又有消息传出：罗来龙当年其实并非少林寺的俗家弟子，而是进了嵩山下面一个私人办的武术培训班。

人们一边传播着这条消息，一边还不忘慨叹：即使武功再高，如果没有武德，终究会害人害己！

（原载于《小说月刊》2021年第8期）

较　真

― 陈立仁 ―

　　丁诚做什么事情都较真，较真到八头牛也别想拉他回过头来。

　　那天，丁诚到女朋友家去，走到楼下，突然半空中落下的垃圾袋砸得他头顶鲜血直冒。他冲楼上大声喊"谁家丢垃圾砸到人了"，喊了好一会，也不见哪个窗口有人露面。

　　忽然，丁诚看到那一地的臭鸡蛋蛋液中有一道灼目的金光，他蹲下来一看，那闪亮的是一只金灿灿的手镯。他赶紧拾了起来，用手纸擦了擦，看清了手镯上的刻字，就放进了口袋。

　　再喊，还是没人应声。无奈，丁诚就去找物业。物业经理摇着头说："又没有抓到现行，找谁说去？"

　　丁诚较真的劲发作了，说："好啊，那我就去告他们！告这幢楼的全体住户。"那些坐在办公室的物管员们听了，全都大笑起来。

接到法院传票，这幢楼全体住户惊呆了。他们聚在一起，喊冤的，指责丢垃圾的，骂丁诚小题大做的，甚至有人说要反告丁诚诬陷，闹成一片。

小区业委会聘请的律师来了。律师说："高空抛物已列入法律处罚条例，没人承认丢物伤了人，丁诚把你们全告，没错！现在，要么你们想法让丢物伤人的站出来，和丁诚商量赔偿，请他撤诉；要么听候法院判决。"有住户说我还就不相信法院会支持诬陷好人。律师说："那当然不会。不过，要是开庭前没有人承认，全体住户共同赔偿是肯定的。"

开庭前几天，业委会开了个全体业主会。先请丁诚讲述了那天挨砸受伤的情况，再请律师普及了高空丢物的危害和造成后果应负法律责任的常识，然后请住户们就事论事谈感想。住户们发言热闹，认识到了高空丢物的危害，也懂得了伤害他人要赔偿的道理，但说了半天，丢垃圾的人还是没有站出来。最后，业委会主任说："那就等法院开庭吧！噢，我忘了告诉大家，那天半空中丢下的，不只是垃圾，还有一只金手镯……"

话没落音，八楼住户蒋娘娘猛地站起身来，嚷嚷道："我说我的金手镯到哪去了，原来有人捡去了，还不快还给我！"

丁诚问蒋娘娘："怎么能证明是你的？"

"上面有我的名字。"蒋娘娘理由充足。

"哦！"丁诚说，"我明白了，那袋垃圾就是你丢的，是吧？"

"这……"蒋娘娘支吾着，"那又怎么样，你要不把金手镯还给我，我就告你'不当得利'。"

"蒋娘娘很懂法的嘛。"丁诚说，"金手镯是你的不错，可你丢垃圾砸破了我的头，那就得赔偿。"丁诚拿出发票，说："医药费500块钱！"

住户们纷纷指责蒋娘娘不地道，害得大家成被告。有人嘀咕，要把蒋娘娘家列入"道德欠佳"人家名单。也有住户问丁诚："早知道金手镯上有姓名，为什么不直接找，而要起诉全体住户呢？"

丁诚没有说话，驻社区成警官回答了提问。原来，那天丁诚也向成警官说明了情况，又把金手镯交给他保管，还提出了要对小区住户进行一次普法教育的设想……

"较真"顶出了小区业主学法懂法守法的好风气。

（原载于2021年2月10日《羊城晚报》）

分手旅行

— 王祉璎 —

车子正行在路上，一场暴雨突如其来，放眼望过去，村庄山峦笼罩在雾气中，宛如水墨画。这山中天气就像孩子脸，说变就变。东俊只能降低车速，缓慢开在村道上。

看着车窗上溢满雾气，霜霜心情烦躁起来，撇了撇嘴说："这天气真是不讨喜，好端端突然下雨了！"

东俊立即安慰道："夏天不就这样，爱下雷阵雨。"霜霜擦了擦车窗，接着说："早说今天有雨，在宾馆休息一天，你非要出来玩。"

"难得休假，行程肯定要安排满。"

霜霜想起看过的一些新闻，忽然提高声音道："下雨天山里危险，可能还会出现滑坡、泥石流！"

"那我们就停在这里赏雨。"东俊不想吵架，赶紧偃旗息鼓，将车窗打开一条缝。

车里很安静，音乐轻轻柔柔。前窗的雨刷不停摆动，能隐约看见清新的乡村美景，古色古香的房子，骆驼峰忽近忽远，让人心动。

半个小时过去，雨依旧不肯停歇，霜霜在车里坐不住了。

东俊看出她的心思，提议道："不远处有个摊点，我们去看看。"

"那好吧！"霜霜点了点头。

这是景区修建的一处摊点，有位年迈的婆婆守着。看到他们走过来，婆婆十分热情，主动招呼着："小伙子，小姑娘，你们要吃点什么？"

霜霜本来不打算吃东西，但看着婆婆的模样，便点了当地小吃——凉粉、泡菜、厥粉粑粑，并和婆婆聊起天。

"婆婆，这些小吃味道不错！"霜霜一边吃一边夸奖。婆婆高兴地回答："全部是我亲手做的！"

霜霜好奇地问："山路远，您怎么运过来？"婆婆直爽地说："我用担子挑着，翻了一座山走过来。"

东俊忍不住插了句："您身体可真好，今年高寿？"

"我今年八十岁！"看着婆婆红光满面、身体矫健，两人都有些不相信。霜霜微笑着夸奖："您这样，看上去也就六十多岁。"

"不管你们信不信，我以前还患过癌。"婆婆十分坦然。

"啊？您现在看上去挺健康。"两人一听更惊讶了。

"人生没过不去的坎，心态好很重要。"婆婆爽朗地笑着，那笑容淳朴而豁达，让霜霜心底一暖。

这时，雨渐渐小了，他们告别婆婆，起身前往景点。一路上，他们不说话，陷入思考。经过弯弯绕绕的山道，车子

"武陵杯"

世界华语微型小说年度奖获奖作品集

2021

终于抵达向往的骆驼峰，霜霜站在大门口欢呼。

他们跟随一群游客进入景区，沿着山道欣赏丹霞地貌。爬着爬着，游客已被他们甩到身后。骆驼峰景区内，最惊险和浪漫的要数"九九天梯"，得走在骆驼的脊背上，从骆驼的头上翻过去，九十九级台阶几乎呈直线。

霜霜眺望四周的壮美风景，倍感赏心悦目，但看着天梯双腿就发软了。这时，东俊拍了拍她的肩，温柔地说："霜霜，你走前面，我跟在后面，好保驾护航！"

这台阶由石头打磨而成，下过雨显得特别亮，却免不了有些滑。霜霜抓着铁链，小心翼翼地行走，一步步往上挪，也有胆子大、常年户外的人一溜烟就爬上去。

"别急，你行的！"东俊在身后鼓励她。

"居然还有情侣，在前面台阶上摆造型拍照！"霜霜看得目瞪口呆，一下走了神。

忽然，霜霜没站稳，身子往后倒，东俊眼疾手快推了她一把，自己却滑下去，幸亏关键时刻抓住了铁链。那惊心动魄的一幕，吓得霜霜失声尖叫。

一会儿，东俊笑嘻嘻爬上来，俊俏的脸上溢满汗水，笑容格外扎眼，还安慰她没事。经历过意外，霜霜心里百般滋味，回忆起过往种种。

其实，这是他们婚后的一次自驾游，也是一次分手旅行。

恋爱三年，结婚六年，为了生个正常的孩子，他们去过大大小小的医院。霜霜查出来输卵管先天畸形，拜访过各种医生，吃过不同的中药，做过宫腹腔镜手术，也尝试过试管受孕，但都没有成功。

眼看双方年纪已过三十五，东俊父母因为抱不到孙子吵闹个不停，虽然东俊坚持在一起，霜霜却身心俱疲，便提议来个分手旅行画上婚姻的句号。

这次旅行带来太多冲击，霜霜感受到不一样的人生。不管未来的路多崎岖，都有了前行的力量。

（原载于《微型小说选刊》2021 年第 7 期）

年　关

—　庞　滟　—

　　进腊月门的小北风脾气见长，一天比一天厉害。老陈如同经了霜冻的老白菜，一天比一天发蔫。自从老伴前年去世后，他害怕过年了。

　　老伴在时，儿子闺女还回家过年，看着影儿，听到声儿，心里也舒坦。两个孩子从小就惧他，见他像老鼠见猫。他对闺女不待见，总觉得替别人家养了媳妇，怎么算都是亏了；稀罕儿子，却不对脾气，俩人见面就吵。不管怎么吵，他还是疼儿子——没黑没白地在土里刨、水里捞，挣来的钱都拿去培养儿子了。

　　争气的儿子给他脸上贴了金，却忙得很少有时间来看他，经常寄回一些食品和用品。他见人就显摆：这些贵重的东西多好啊，都是我当官的儿子孝敬老子的。

　　去年。老陈早早给儿子闺女打电话告诉回家过年。年三十那天，两个孩子都没露面。儿子进山村扶贫做第一书记，忙得过年也不能回来，要帮村民做直播卖囤积的山货；闺女说：过年要忙着卖菜，等过了十五再回家。

老陈怕村里人笑话他是空巢老人。一个人坐了最慢的火车，晃晃悠悠来到儿子的城市。他没有走出候车室，蒙头盖脸窝在冰凉的椅子上，一个人啃冷馒头，躺到初五才踏上回村的路。望着城市喧嚣的烟火，他想到了野地里遗留的候鸟。临走前，他买了满满一兜子糖果。大街上都是亲热团聚的老老小小，他迎着风直想淌眼泪。

回到村里，老陈一脸张灯结彩地笑，逢人就散烟、发糖，喜气洋洋地说："在儿子家过的年，天天大鱼大肉都吃腻了。城里人放的礼炮那个好看呦，欢天喜地闹腾个没完呀。"村里人都夸他养了个好儿子，这让他憋屈的心敞亮起来。

今年。老陈提前两个月给儿女打电话预约过年。儿子声音嘶哑，说了句"爸，我在山里忙工作呢，到时再说吧"电话断了。他气得直骂。

闺女拖着哭腔说：爸，年关忙啊，过了十五再回去，多补一些钱给爸。他气得火冒三丈——我不差钱啊，都给我回家来过年！

年三十这天。他把屋子烧得暖烘烘的，把老伴的照片擦得亮亮的。一个月前，他下了最后通牒——命令儿子必须回家过年；告诉闺女，卖菜的钱别计较，爸都补给你。

日头过了中天。一趟趟闯进北风里的老陈，连儿子和闺女的影儿都没瞅见。他压住火，打儿子手机老不在服务区，给儿媳打过去，软了声音说："你们再忙也要回家吃顿团圆饭啊。"

儿媳在那头抱怨："过年？你儿子是人家山沟老百姓的儿子，天天忙扶贫，家都不回了……"儿媳哭了，老陈心里猫抓一样疼。

老陈望着一屋子年货唉声叹气，租来一辆车赶往小镇的闺女家。这一路，他想起对闺女的种种不好，一颗心像掉进冰窖里，难受得心慌气短。

老陈找到闺女时，闺女还在市场卖菜。姑爷坐在轮椅上，弯腰替买主刮鳞、剖鱼。两个七八岁的娃，鼻涕拖得老长，用冻红的小手摘着烂菜叶子，帮忙理顺捆扎。老陈颤抖声音呼唤了好几遍，一家人看陌生人般望着他，如在梦里。闺女结婚后，他还是第一次登门，这场景他做梦都没想到。

不算丰盛的年夜饭，老陈和闺女一家人吃得很温馨。晚饭后，老陈看着热闹的街景，热闹的人群，想到自己空荡荡的房子，偷着抹眼睛。

"爸，我又啥事做错了吗？打我骂我都行，您别这样，我心里难受啊！"闺女哽咽地说，"从小到大，我都不争气，还嫁了个穷人。孩子爸半夜去拉菜，翻车把腿砸断了，没敢告诉您，他的腿天暖时才能好。"

"闺女啊，是爸爸错了，你没错。你们需要爸爸时，我没做好。现在不需要了，我偏要做爸爸，都怪我不好。不管穷富，一起过年就好！"老陈的眼泪又冒了出来。

大年初一的饺子翻着浪花。老陈贴着窗玻璃往外瞧，又转身叹息。随着敲门声，儿子扑进来，激动地喊："爸，过年好！是山区的乡亲们一锹一锹铲了山路上的雪，把我送到火车站，说啥也要让我回家，让我代他们给您拜年！"

老陈一迭声地答应着："过年好，过年好！乡亲们，大家伙儿都过年好啊！"

说着说着，老陈竟有点哽噎了，满脸笑容花一样绽开。

（原载于《芒种》2021年第2期）

收录机

— 唐　风 —

　　母亲六十岁生日，父亲提出"庆六十"，母亲却是极力反对。最终，母亲拗不过父亲，"庆六十"的事情终于定了下来。

　　按说，母亲年纪不算太大，"庆六十"也就是因为有着二叔与小姑。

　　二叔，母亲过门那年还不足六岁，夜间会冷不丁地尿床，母亲时常提醒"尿不？"二叔十六岁参军入伍，转业落户到深圳。二叔每次回来，总是带着大包小包花花绿绿的食品。二叔不厌其烦地解释着各种食品的吃法。二叔说："这种饮料，不是大口大口地喝，要用吸管一些儿一些儿吮。"我们听得目瞪口呆，心想着深圳人不嫌太麻烦？

　　父亲土里刨金，但刨的总是土，金很少，我们的学杂费都是二叔打理，未到开学，二叔便汇来一笔可观的资金。所以，二叔是我们话题里炫耀的一面旗帜。

小姑是乡村教师，每月二十八块五的工资，当然，是不能与二叔同日而语的；当然，我们也不能与小姑同日而语，小姑是介于二叔与我们之间的工薪阶层。小姑不能像二叔那样大把大把地寄钱，我们的各种作业本，小姑却是承担下来。

　　我们家里的大事小事都要和二叔商量。小卖部安装着村里唯一一部电话机，父亲来到小卖部给远在深圳的二叔打电话，征询着二叔的意见，"你嫂子庆六十，你看，庆还是不庆？"

　　二叔很干脆，反问："庆，为什么不庆？"末了，二叔问父亲："家里缺少什么？别怕贵，尽管说来！"

　　二叔这么一说，父亲慌了："我回家商量商量……"

　　在农村，有钱人家过寿辰，大多放一场电影以示庆贺。我们与父亲商量来商量去，冒出一个念头：让二叔带回来一部收录机，这样等于搬来了一台戏，想听什么就听什么。我们催促父亲给二叔回电话，父亲挠挠头："若是让你二叔带回一口钢精锅，我去说；收录机这洋玩意儿不是我玩儿的鸟，我说不出口！"

　　我一溜小跑来到小卖部。我很激动，抓起电话说道："二叔，我们想要一部收录机！"

　　二叔回应："好的，好的，买'红灯'牌的吧，名牌！"

　　我很小心地问一句："贵吗？"

　　二叔说道："三百！"

　　好家伙，等于我们家养三头猪的价钱，我浑身一激灵："二叔，不用买了！"

　　"咋不买？你这孩子！"二叔把电话挂了。

　　二叔果然带回来一部收录机，还有包装精美的磁带。

　　收录机让我们犯了难，因为农村没有通电。二叔解释："收录机是交直流两用的。"言罢，便去小卖部买来六节干电池。"咔嚓"，二叔打开收录机，反复问着母亲："听歌还是听戏？"

　　二叔随便一捯饬，李谷一唱起湖南的花鼓戏；磁带翻转装进去，侯宝林便说起了相声。母亲夸赞吃着深圳饭的二叔真能！侯宝林嘴皮子挺溜，慢慢地，舌头发软，支支吾吾听不清说的什么了。母亲心急地问二叔："咋回事？"二叔说："干电池电量不足，磁带转不动了。"

　　母亲一惊："听这东西比吃烧饼夹肉还贵啊！"

　　二叔走后不久，小姑却把收录机带走了，没承想，小姑一直不把收录机送回来。每当说到收录机，我们就恨恨地说一句"这个小姑！"

　　我提出把收录机讨回来，母亲坚决阻止："谁听不是听啊！"

　　母亲的话，我很是气愤。当然，我更气愤小姑。忍无可忍，我偷偷地去了小姑家。我提出搬走收录机，小姑脸一沉："收录机不能搬！"

　　想不到，小姑要将收录机据为己有。我与小姑大吵大闹，小姑气得泪花闪闪："你这孩子，这般不懂事！"

　　小姑依然给我们买作业本、文具盒、钢笔之类的学习用品，我们哥弟却在背后议论："一部收录机值多少钱？作业本，钢笔值几个臭钱？"

　　1980年，家家户户通了照明电，小姑把收录机送了回来。此时，我们的母亲业已过世。

　　小姑召集我们听一段录音。收录机里响起母亲的声音：

"一节干电池五毛钱，六节三块钱，不到三个时辰就干不动活儿了。三块钱可是我们全家两天的柴米油盐钱，不听歌能活，不吃饭不能活啊！我托付你小姑把收录机封存起来了……"

（原载于《百花园》2021年第8期）

白洁去哪了?

— 张中杰 —

"我们必须设法找到他!"

从殡仪馆看祭拜亲骨灰出来,妹妹眉头紧蹙。

母亲病逝时,我才五岁,父亲怕我们受委屈,一直没有再娶。刚退休还没享一天福呢,就染了可怕的肺炎,别说伺候,连父亲临终前都没见上最后一面。

我们渴望找到那位遗体告别者。

不知道为父亲送行的,是哪一个医者。隔着厚厚的护目镜,就连父亲本人恐怕也看不到抢救者的真实面容。何况,从四万多逆行医护人员中找一个人,无异于从雪地里捡芝麻。

"请相信,每一个感染者,都受到了最好的治疗和应有的尊重。"除了免单的上百万医疗费,我听出了医院电话那头的无奈,"你们要找的人叫白杰,但他不愿留下联系方式!"

"白杰,一定是个高大帅气的中年医生。"妹妹猜。

"白洁,肯定是一个成熟优雅的护士长。"我打断了妹妹。

"那么多病人需要抢救，医生哪有时间，处理后事都由护士做。"

"接电话的声音像是90后，她口中叫白姐，自然应是一个年轻有着一双大眼睛的美小护。"上高三的儿子康康上完网课，加入讨论。

"你猜对了！哥。"妹妹忽然一拍脑门，"瞧我这破记性。父亲最后一次与我视频连线时，我看到一个背影的防护服上有个字，洁白的洁！"妹妹语调郑重，"我还看到父亲对走近的人拼命摆手，说：'闺女，别靠近我！你还年轻，我不想让你也感染！'可她不听，利索地为爸插上了氧。"

夜里我辗转难眠。白洁的影子在脑海里摇晃。也许她来自省城，给老人撒谎外出培训，匆匆告别丈夫孩子。或许她从遥远的山城，简单打点一下行囊，就匆匆赶往一百多公里外的省城，与同事一道飞向天河机场。一个人告别小城，没有欢送。她看了看熟悉而宁静的街道，缤纷的节日彩灯。梦乡中的人们不会知道，除夕夜，她正匆匆赶赴抗疫前线。她也很忐忑，这一去还能不能回家？

妻子默默递过来《武汉晚报》。纪实报道中的白洁，为节省防护衣，不吃不喝，不上厕所，一天工作十几个小时，管理患者吃喝拉撒。身体透支，疲惫到极限。死去的人，身边没有一个亲人为他们送行，遗体告别都由她们负责。

正巧，电视上记者连线采访。画面中，穿着沉重防护服的白洁声音嘶哑。当一个小女孩追送葬的车，哭喊着要妈妈时，白洁冲上去抱住孩子，说："我们就是你的妈妈！"

医护人员撤离的时候，我们决定为白洁送行。妹妹的女儿乐乐熬通宵，折了一千个粉红色的千纸鹤。

大巴向前疾驶，车上每一个天使的面孔都像白洁，向车下欢呼的人群招手。

我抱着父亲的遗像，扑倒在地；妹妹怀抱鲜花，长跪不起；康康的胸脯剧烈地起起伏伏；乐乐抱住千纸鹤泣不成声。

在博物馆工作的同学打来电话，说馆里建了抗疫英雄谱，应该有你要找的恩人详情。

一百多位驰援的逆行天使名字，工笔正楷镌刻着。我们看到白洁在病床上偷偷写好的遗书。

爸妈，我的女儿：

请原谅我的不辞永别。干护士这个职业，见惯了太多的生离死别。走出家门的那一刻，我就没有打算回来。如果我被病毒感染，死了，遗体捐献国家，做医学解剖！

见不到白洁，终生遗憾。我们驱车千里去看望白洁，那是豫西一座小城。可被医院告知，刚刚解除隔离的她，即将返家休息时，突发心脏骤停，经全力救治无效，不幸逝世。她的丈夫去年在部队上救火牺牲，只留下一个两岁多的女儿苗苗。

返程。在医院的资料室排队等候三个多小时，我们终于看到了白洁向父亲遗体告别的视频。

父亲在最后一刻，挣扎着向瘦弱的白洁说谢谢。

白洁眼泪弄花了护目镜。她用戴着防护手套的纤细的双手，帮父亲合上眼。从头到脚，仔细把遗体擦拭一遍，又帮父亲换上衣服，虔诚地向父亲三鞠躬。

那本是儿女应该做的。

（原载于《小小说家》2021 年第 6 期）

"武陵杯"

世界华语微型小说年度奖获奖作品集

2021

错　爱

— 刘万里 —

　　诗人爱上了一个女孩，爱得刻骨铭心。

　　诗人每天给女孩写一首诗，刚开始女孩很感动，看得泪流满面。后来，女孩平静了下来，收到诗歌只是淡淡一笑，仿佛什么也没发生。

　　诗人急了，直接去找女孩。诗人说："我喜欢你啊！"

　　女孩说："我知道。"

　　诗人说："你喜欢我吗？"

　　女孩只是笑，也没说喜欢或不喜欢，笑够了才说："你说呢？"

　　诗人说："我会让你喜欢上我的。"

　　女孩又笑了笑，像只蝴蝶飞走了。

　　情人节，诗人想给女孩送玫瑰，他到花店一问，一束花要价一两千，诗人犹豫了，最后写了一首诗歌。

　　诗人去找女孩。诗人说："我给你写了一首诗歌。"

女孩看了有点感动，眼睛有点红。

诗人说："我喜欢你啊！"

女孩说："我知道。"

诗人说："你喜欢我吗？"

女孩只是笑，也没说喜欢或不喜欢，笑够了才说："你说呢？"

诗人说："我会让你喜欢上我的。"

女孩又笑了笑说："我有事，先走了。"女孩像只蝴蝶飞走了。

诗人依然每天给女孩写一首诗，他写了厚厚几大本，他拿着诗稿去找女孩，诗人说："嫁给我吧。"

女孩笑了笑说："我还没想好。"

诗人很郁闷，去酒吧喝酒，没想到遇见了多年没见的老同学拐子。老同学拐子现在是个大老板了，很有钱。老同学听了诗人的诉说，眼睛亮了，说："世界上竟还有这么美丽善良而清纯的女孩？回头给我介绍认识一下。"

诗人说："没问题，我把她电话号码告诉你。"

诗人每天闷在家里给女孩写诗。

转眼几个月过去了，诗人又去找女孩。

女孩拿出请帖递给诗人，女孩："下个月我就结婚了，到时你一定要来啊。"

诗人说："你开玩笑吧？"

女孩说："你看我像开玩笑吗？"

诗人一下蒙了。

过了半天，诗人说："跟谁结婚？"

"武陵杯"

世界华语微型小说年度奖获奖作品集

2021

女孩说："到时你来不就知道了。"

女孩又笑了笑，像只蝴蝶飞走了。诗人知道这只蝴蝶是永远地飞走了。

女孩婚礼这天，诗人准时出现。诗人没想到，新郎竟是老同学拐子，诗人顿时像被电击一般，浑身颤抖，随即像死鱼一般一动不动，面无表情。

诗人喝了一口酒，走到老同学拐子面前，把拐子拉到一边问："你是怎么把她追到的？"

拐子笑了笑：说："先给她写诗啊！"

诗人一惊，说："笑话，你会写诗？"

拐子笑了笑："北岛的诗《生活》只有一个字：网。简洁的一个字，却简洁出了一个世界，简洁出一个人生，概括了芸芸众生生活状态，揭示了世界的错综复杂，也道出了人生的艰辛……"

诗人挥了挥手，说："停停，别给我讲这些，这些我比你懂。你把你写的诗念给我听听。"

拐子说："我的诗歌《女孩》也很短，只有三个字：我爱你。"

诗人笑了，说："你这也叫诗？"

拐子说："关键看你写在哪里，你不知道吧，我用30万人民币让花店给扎了一束玫瑰，其中一朵花心上就写了我爱你这三个字，你要知道当时女孩好感动哦。后来我送了她两样小礼物，她就嫁给我了，就这么简单。"

诗人问："你送她什么小礼物？"

拐子说："两把钥匙。"

诗人说："金钥匙？"

拐子拍了拍诗人的肩膀说："非也，普通的钥匙。一把宝马车的钥匙，一把别墅的钥匙。现在你懂了吧，别写你那狗屁诗歌了。"

诗人一拳打倒了拐子，然后目光呆滞地走了。

诗人漫无目的地在街上走，最后他爬上了高楼，目光依然呆滞，面无表情，突然他大喊一声"我要飞翔"，然后张开双臂像小鸟一样，飞了下去……

当地晚报报道了诗人自杀的消息，还提到了诗人写给女孩的诗歌，一家出版社嗅到了商机，把这些情诗结集，起名《写给女孩的情诗》，出版了。媒体把诗人称为"当代的海子"，媒体一炒作，诗人一下出名了，书大卖特卖。

每年清明，诗人的坟头聚满了来自全国各地的女孩，他们都是被诗人的诗歌感动而来的。

女孩们一边烧纸一边嘤嘤地哭：为啥不是写给我的？如果是写给我的，我立马嫁给你！

可惜，诗人听不到了。

（原载于《北部湾文学》2021年第1期）

花钱有道

— 张晓玲 —

　　早上做好饭，我把饭端到饭桌上，准备喊老伴吃饭。

　　来到客厅，突然想起阳台上的绿植，便拐到了阳台上，拿起花洒浇水。老伴走过来说："昨天你刚浇了，今天又浇，早晚被你浇死。"

　　我笑着问他："昨天我浇了吗？我忘了。"

　　"真的浇过了。"

　　"好，那我们去洗漱，赶紧吃饭。"我把花洒放下，喊着老伴来到卫生间。

　　"我听着你刷过牙了，怎么又刷一遍？"

　　"我刷过了吗？"

　　老伴说："真刷过了。"

　　我的记忆是一天不如一天了，叹了口气说："老头子，我是越来越忘事了，咱们请个保姆可好？"

　　老伴边洗脸边说："一会吃了饭咱商量一下。"

吃完饭，我说："今天你刷碗，我腰疼。"进到卧室，刚躺下，就听见厨房传来碗碟摔在地上的声音，我摇了摇头自言自语道："八十多岁的人了，这都是正常的，真的要请个保姆了。"

老伴慢腾腾收拾好了一切，泡了一杯茶端进卧室。

"你躺着，咱俩商量一下。"

"好，你说，我听着。"

"你今年八十一岁，我今年八十五岁，你愿意进养老院养老还是在家养老？"

听了老伴的话，不由叹了一口气："我们当真是老了。"虽然还能自理，已经不能很好地照顾彼此了。看着老伴，心里不免有些伤感。如果去养老院，凭我们两个人的工资，完全可以进一个优雅舒适的地方。如果那样，养老院就是我们最后的归宿。可是我们两个女儿、一个儿子，三个孩子不能为我们养老么？如果进养老院我和老伴只能带走几件换洗的衣服、身份证、银行卡，最多再带一把茶壶两本书，别的绝对是不让带的。倾尽我一生心血的家就此别过，实在是舍不得。

"我实在不想去养老院，我爱我们这个家。"我环顾着四周说。

"如果你不想去，我们就在家养老。之前你不喜欢雇保姆，现在你确定要雇保姆吗？"

"我确定！"

"你看，咱俩退休金加起来1万多，雇个保姆6000，每月生活费3000，还剩1000多。加上之前攒的钱，咱俩一定能过上体面的生活。我有个想法，我说出来，你决定。"

我望着老伴，认真地听完了他的计划，不假思索地点头赞同："明天周末，我们通知三个孩子回家来开会。"

第二天，三个都退了休的孩子全部回到了家。他们听完父亲的想法，同样是纷纷赞许。

此后，三个孩子每天轮流回家来给我们做饭打扫卫生。如果有事，三个孩子自己调整。儿子有事的时候，儿媳妇也会回来伺候我们。

一天晚上，我在楼下散步，邻居羡慕地问我："老张，你们家孩子真是少有，每天都回来伺候你们，真是令人羡慕。你有什么魔法让孩子如此孝顺，快教教我。"

"我能有什么魔法，我就是把雇保姆的钱分给孩子们了，自己的孩子比保姆可是贴心多了。"

邻居一听，不屑地说："自己的孩子养老还得给钱，这算怎么一回事呢！我们养孩子小，孩子们就该给我们养老，不是这个理吗？"

"恩，道理是不错的。我们攒的钱早晚不都是孩子们的吗？谁伺候钱就给谁，管吃管住每天还有200块钱的收入，何乐而不为呢？雇保姆也得花钱啊。"

邻居说："你们公务员退休钱多，可以过自己想要的生活。我们夫妻都是普通职工，两个人的退休金加起来也只有6000多，付了保姆钱，我们不用活了。呵呵。"说完，头也不回地独自走了。

听了邻居的话，望着她远去的背影，不免有些感叹：每个人的命运都是不一样的，有多少钱办多少事，合适自己的才是最好的。

（原载于2021年6月28日《河南科技报》）

硬　核

—— 滕敦太 ——

"武陵杯"世界华语微型小说年度奖获奖作品集

2021

谨以此文，致敬新中国两次召回的保家卫国的退伍军人们！你们是国家的硬核！

——题记

你佝偻着身子卧在病床上，两眼无神。

儿子已经五天没露面了，手机一直关机。你的心开始下沉，腰也更疼了。

儿子是你的骄傲，当海军时是技术骨干，多次立功，退伍后办起企业，还当选了政协委员，娇妻幼子，好日子刚刚开始，怎么舍得捐一个肾给自己治病？尽管儿子是唯一匹配你肾源的人。

看到儿媳躲闪的目光，你的泪水往肚里流。

你自然想活下去，可摊上这样的绝症，死就死吧，自己已经比牺牲在边疆的战友多活了几十年。

你迷糊着，在一阵阵的腰疼和心痛中回想当年的神勇。

"立正！敬礼！"只有你一个病人的病房里，突然响起熟悉的口令。你吃惊地睁开眼，病床前，昂首挺胸站着三个一身旧军装的汉子。是儿子，还有儿子一起退伍的战友。

"你们这是？"

儿子跨步上前，用力抓住你的手："爸，南海有纷争，部队召回我们这批退伍兵。前几天体检培训，要保密……"

原来如此！你苍白的脸霎时红润起来。"去吧，爸支持你！"当年你准备退伍时，对越自卫反击战突然打响，你毫不犹豫地参战。此时，你心潮澎湃，一日当兵，永远是兵。

"爸！"儿子热泪盈眶，"扑通"跪地，"我要留着好身体回部队，我……不能给你换肾了。"

"国有难，召必回！不用管我。"你一把拉起上衣，露出左胁的伤疤，如同你珍藏了几十年的军功章。"孩子们，军人是国家的肾，这肾要虚了，国家就弱了。留着好身子上前线，打出咱中国军人的硬核来！我这个老兵，给你们敬礼！"

你举手敬礼，腰板挺直，目光如炬。

（原载于 2021 年 7 月 22 日《苍梧晚报》）

石头花

— 谢松良 —

上青石岭没多久，许天歌便在石崖上采到一块优质的鸡血宝石，他兴奋地哼着歌往山下走，想早点回去弄几道菜整点儿小酒庆贺一下。

许天歌晃晃悠悠地走到半山腰，却看到了惊险一幕：一个小伙子被一只金毛狮追赶，险象环生。他急忙腾空而起，轻轻落到金毛狮前，飞起一脚，将它踢翻在地。金毛狮打了个滚，落荒而逃。

青石岭地势险要，森林覆盖面广，猛兽时常出没，少有生人来往，许天歌难免感到奇怪，于是问道："你是谁，为什么来这里？"

"我叫小青，家在青石镇，我赌博输了很多钱，被父母赶出家门，没地方去，就跑到山上来了。原以为会遇上狐仙姐姐或者妹妹什么的，没想到遇到了一头狮子和一个大叔。"说完，小青自嘲地哈哈大笑。

"武陵杯"

世界华语微型小说年度奖获奖作品集

2021

"笑什么？待会儿有你哭的。"许天歌脸一沉，继续说，"小子，还不快跟我走，难道你要在这里露宿？"

小青抬眼望了望黑漆漆的群山，哪有不答应的道理。

两年前，因为不满父母安排的亲事，许天歌负气离家出走，误入青石岭，却幸运地遇到了恩师，不仅学会了采石、雕刻的谋生手艺，还学了一身武艺。

恩师云游江湖后，许天歌独自生活在青石岭，靠上山采石，雕刻成工艺品下山售卖为生。

采石靠的是运气和力气，而雕刻则是一门艺术，许天歌很享受采石、雕石、下山售卖的过程。他总有办法采到山上有灵气的石头，各式各样的石块到了他手里，经过反复雕琢和仔细打磨，就变成了栩栩如生的人物雕像、活灵活现的老虎和狮子等猛兽，也有鸡鸭等乖巧可爱的家禽，然而更多的时候，他在雕一种奇丑无比的石头花。

雕好的石头花，许天歌会把它们种在青石岭的一块坡地上。他的怪异举动，让小青觉得不可理喻。

一天晌午，许天歌下山了，整个青石岭便是小青的世界。小青放下手中的剑，拿出珍藏的古筝，在青石岭的坡地边弹边唱。这时，奇迹出现了，许天歌种在地里的石头个个探出脑袋来，忽然间开出美艳花朵，芳香四溢。

"他种的石头竟然会开花。"小青回过神来，想起父亲的交代，慌忙回到屋里藏好古筝，心里荡起了一团如蜜的雾霭。

从山下回来，许天歌一直闷闷不乐。因为在集市上，他遇到了熟人，从那人口中得知父亲已病逝，母亲独木难支，他们家处在风雨飘摇之中。

许家酒坊经营杏花酿，已有上百年历史，可不能到自己这辈就败了。事关家族兴衰存亡，不能不管不顾。想到这里，许天歌进到房间，开始收拾东西。

不大一会儿，小青过来请许天歌吃晚饭，小青说前几日上山采了些青梅和野山果，酿了一坛上好的青梅酒请他品尝。

浅尝了几口，许天歌由衷地赞叹小青酿酒的技术和他师父有得一比。又几大碗下肚，他对小青说："天下没有不散的筵席，我明天一早就走了。往后，你习好武艺，练好雕刻技术，好好照顾自己。"

小青没接他的话茬，顿了顿，说："你种的那些石头，它们全开花了，好美好美……"

"你真看到石头花开了？"许天歌很激动，可转瞬又失望了。

石头花是师傅教许天歌雕刻和栽种的，师傅曾告诉过他："如果以后有人看到石头花开了，她就是你未来的夫人……"可眼前的小青明明是男子。

窗外夜幕厚重，山野茫茫。有个人影忽然闪进屋来，小青惊喜地叫了声爹，之后散开了头发。原来，她就是许天歌父母之命、媒妁之言的未婚妻——青梅酒坊的少当家。

此刻，许天歌心里不是滋味，当初逃婚，是因为听信女方长得丑的谣言，而眼前的小青美得像一株玉兰。许天歌红着脸叫了声师父，惭愧地低下头，不敢面对小青投过来的热辣眼神。

（原载于《小小说月刊》2021年第2期）

"武陵杯" 世界华语微型小说年度奖获奖作品集

2021

家　访

— 刘诗良 —

拟提拔干部公示名单中，秦风榜上无名。

或许因一向仕途顺畅，这次他感觉像当年初入职场被抛入深山一样，有怀才不遇之感。

三十余年了，秦风没回过那所叫枫树坞的小学。

那时处境才配得上现时心境，秦风决定周末走一趟。车子冲出市区，折进县城，拐进乡道，向大山深处的枫树坞而去。

枫树坞是个教学点，当年校舍破，生源少，二十五个学生，分布在五个年级，两名老师，复式教学，白天辛苦，夜晚寂寞。

那时想着出人头地，白天备课上课，晚上挑灯夜战，复习备考，一心要走出大山。

这么多年，一切都变了，只有校门口大樟树下的小溪，还清澈流淌着。

"秦老师！"溪埠头浣衣的女子抬头看见他，惊喜问道，"您怎么来啦？"

秦风定睛看去，女子着白裙白帽，颇有气质，似曾相识。

"我是赵芳呀，老师您家访过我三次，要不是您，我早就辍学了。"

真是女大十八变！赵芳是秦风两年教师生涯中印象最深的学生。

初出茅庐，他也想在教学上出成绩。赵芳念四年级，爱向他借阅课外书，每次全乡统考成绩都数一数二。

升五年级后的一天，赵芳没来学校，这是从来没有过的情况。那时少有电话，傍晚放学，他骑着自行车，一路打听，找到十里之外的赵芳家，天已黑。

她家在山腰，两间平房。屋里灯光昏暗，厅堂没人，后厅灶台前，赵芳忙着烧饭。见了老师，她受了委屈似的不停抹眼泪。

原来，赵芳爸爸病重，妈妈陪爸爸去山外看病，交代她在家照顾弟弟，父母天黑也没回来。他这才注意到，赵芳身边，还蹲着个四五岁的瘦小男孩。

那晚他守到九点，才见赵芳爸妈一身疲惫地回到家。赵芳妈妈唉声叹气，说她爸是慢性病，要定期去山外看。

他夸了赵芳在校的表现，说赵芳是块读书的料，歇不得，明天要返校上课。

看着赵芳妈妈点了头，他走出屋子，野外除了虫鸣，一片寂静，山里人都睡了。

第二天赵芳来了。第三天赵芳的座位又空着。

他知道家长思想没通。傍晚他又急匆匆往赵芳家赶。

赵芳爸妈打定主意，让赵芳歇学照看家，赵芳妈四里八乡打零工支撑家庭。

他沉思片刻，说："我讲讲我的故事吧。"

"我家曾是村里最穷的。初三那年，因为哥哥成婚需要很多钱。爸妈让我跟村里一个大叔出去打工，有不少工资。"

"无论我多么想读书，却不能改变爸妈的决定。幸好班主任周老师家访来了。"

"他告诉我爸妈，再熬一年，我考上师范的希望很大，那会影响我的一生。"

"当然，我爸妈不是三言两语能说通的。周老师前后跑了四次，我爸妈才勉强同意。"

"一年后，我考上了师范，是村里第一个捧铁饭碗的，爸妈脸上也有光了。"

"我从赵芳身上看到了自己当年的影子。你们可能熬三四年，但关系到她一辈子的幸福。赵芳有希望走出大山。你们不同意，我还会再来。这是一个老师的责任。"

三十余年前的一幕幕重现，他眼眶湿润了。她返校了，但他离开枫树坞以后，再没她的音讯。

"后来我也考上了师范，毕业后分配回家乡，再没离开过。"赵芳走上来，"我带您回校园看看吧。"

老校园不见了，取而代之的是一个功能齐全、环境优美的新校园。

"今年有三十八个学生，三个老师，我教龄最长。"

"这么多年，你没想过调到县城吗？知道我后来当了县教育局副局长吗？你可以找我的。"

"想过，彷徨过，但最后我还是选择留下来，这里需要我，村里二十余年已走出两百多名大学生，我很有成就感。您在县里当副局长、局长，又调市里当副局长，我都知道，但我哪能麻烦老师您呢？！

"我隔几年会参加教师进城考试，几乎每次都能录用，但我放弃了。我不是显摆，而是想告诉乡亲们，我也是优秀的老师，孩子交给我可以放心。"

"日子好了，山里乡亲重视教育了，但他们不懂得引导孩子，缺少沟通。我常常上门家访，效果很好。这都是秦老师您当年家访带给我的启发。"

他再次盯着这个当年沉默寡言、现在侃侃而谈的学生，动情地说："你今天给老师好好上了一课！"

（原载于 2021 年 9 月 9 日《江西工人报》）

附　录

2021 "武陵杯"世界华语
微型小说年度奖作品征集启事

　　微型小说是海内外读者喜闻乐见的一种文学体裁，短小、精悍、好读，为了繁荣这种文体，促进海内外文学交流，继续发起2021"武陵杯"世界华语微型小说年度奖征集评选。

　　凡2021年在海内外正规华文报纸、杂志上发表的微型小说（含闪小说），都在征集评选范围之内。

　　现将有关事项通告如下：

一、指导单位

《作家文摘》报社、世界华文微型小说研究会

二、主办单位

作家网、台港文学选刊杂志社、湖南省常德市武陵区委宣传部、武陵区文联

　　承办单位：湖南省常德市美韵文化传媒投资有限公司、中国微型小说（小小说）创作基地、武陵作家协会

三、征文要求

1.突出真善美，贴近生活，贴近现实，内容健康向上；有较强的文化特色；表现手法新颖，有人物有故事有可读性，达到思想性和艺术性的统一。

2.倡导世界和平、民族和谐，符合现行法律法规。

3.应征作品一律为原创新作，严禁抄袭，文责自负。篇幅在1500字以内，也欢迎精短的百字小说。

四、征文时间

自2021年4月1日开始接受投稿，至2021年9月30日止。2021年10月初评，11月终评并公布评奖结果，2022年择时举办颁奖盛典。

五、投稿方式

1.投稿一律采用电子版，不接受纸质作品，投稿专用信箱：cd.gulan0093@163.com

2.来稿请用4号宋体字。请在电子邮件主题栏注明国家（或地区）＋省市名称＋作者姓名＋参赛作品。作品正文题目下一行写作者姓名。务必在作品最后注明作者真实姓名、通信地址、联系电话与电子信箱，否则视作无效投稿处理。可以附上作者简介。与大赛无关的稿件及非本年度的作品不要投稿，谢绝重复投稿。

六、奖项设置

大赛将通过初评、复评和终评，评出：

特等奖1名，奖金10000元；

一等奖3名，奖金各5000元；

二等奖7名，奖金各2000元；

三等奖17名，奖金各1000元；

优秀奖30名，奖金各300元；

每位获奖者将获赠《2021"武陵杯"世界华语微型小说年度奖获奖作品集》1本。

邀请特、一、二等奖获奖者参加在湖南常德举办的"武陵杯"世界华语微型小说年度奖颁奖盛典，为获奖者颁发奖金和证书。

获奖作品将结集成册，公开出版。部分优秀作品还将拍摄成微电影，推荐参加国际微电影艺术节评奖。

大赛组委会对参赛作品拥有网上公布、宣传、出版及改编权。凡报送作品参加本次大赛的作者，即视为已确认并自愿遵守本次活动有关版权和创作要求的各项规定。

七、大赛评委会

陈建功：全国政协常委、中国作协副主席；

李晓东：中国作协社联部主任；

季　冉：《作家文摘》报总编助理；

凌鼎年：世界华文微型小说研究会会长、作家网副总编、亚洲微电影学院客座教授；

滕　刚：世界华文微型小说研究会秘书长、中国文化艺术发展促进会影视文化工作委员会副主任、《微型小说月报》杂志社社长；

赵　智：作家网总编、北京微电影产业协会会长、世界华文微型小说研究会副会长；

练建安：《台港文学选刊》副主编（执行）、福建省传记文学学会创会副会长；

冰　凌：全美中国作家联谊会会长，纽约商务传媒集团董事长，《文化中华》杂志社社长，浙江中华文化学院、福州大学客座教授；

渡边晴夫：著名汉学家、日本世界华文微型小说研究会会长、日本国学院大学教授。

2021"武陵杯"世界华语微型小说年度奖组委会

2021 年 3 月 2 日

2021 "武陵杯" 世界华语微型小说 年度奖获奖作品

特等奖

仿古赵 / 吴宝华

一等奖

那　时 / 戴希

一把炒黄豆 / 邴继福

我娘这辈子 / 张凯

二等奖

无名碑 / 王平中

一对核桃 / 鞠志杰

药　品 / 余清平

渔　娘 / 侯发山

衣襟戴花的男人 / 顾晓蕊

两封急电 / 白旭初

终极舞者 / 苏美霖

三等奖

生肖石 / 韦如辉

鼻　鉴 / 程思良

戏中寒 / 赵淑萍

母狼记 / 何君华

主妇王博颊 / 谢志强

康　婶 / 满震

田小妮的夏天 / 伍中正

木　匠 / 郝思彤

行　军 / 程多宝

锅炉工 / 尹小华

放　心 / 欧阳华丽

杀猪匠李婶 / 唐波清

做蛋饼的王阿姨 / 蓝月

秘　密 / 唐晓勇

受　苦 / 徐东

缘分的味道 / （日本）解英

现　实 / （菲律宾）钱昆

优秀奖

心中有只神秘的小鹿 / 应飞

阿嬷，生日快乐 / （中国台湾）辛金顺

草 / 刘国芳

天堂的路我不想走 / 王永寿

武陵杯

世界华语微型小说年度奖获奖作品集

2021